でんわしてね
びっくり！
かなしいよ

事件ハンター　マリモ

ひみつのケイタイ

きむらゆういち・作　　三村久美子・画

金の星社

もくじ

1　海《うみ》の向《む》こうからの転校生《てんこうせい》

秋《あき》の新学期《しんがっき》がはじまって一週間《しゅうかん》ほどしたころ、マリモのクラスに転《てん》校生《こうせい》が入《はい》ってきた。名前《なまえ》は、吉村《よしむら》リュウ。中国《ちゅうごく》で生《う》まれ、小学校《しょうがっこう》は上《シャン》海《ハイ》の日本人学校《にほんじんがっこう》に通《かよ》っていたのだという。

「一番尊敬《ばんそんけい》するのはブルース・リー、二番目《ばんめ》はジャッキー・チェン、三番目《ばんめ》は、まだ決《き》めていません。」

自己紹介《じこしょうかい》のとき、リュウはまじめな顔《かお》をしてそんなことをいった。

すごく緊張《きんちょう》しているらしく、背《せ》すじをまっすぐにのばし、肩《かた》に力《ちから》が入《はい》っている。おじぎをするのもぎこちなく、体《からだ》の動《うご》きがロボットみたいにぎくしゃくしていた。

おかしなやつ……と、マリモは思《おも》った。

それまでにも転校生《てんこうせい》は何人《なんにん》かいたけれど、みんなもっとリラックスしていた。自己紹介《じこしょうかい》のあいさつにしても、家族《かぞく》のことや好《す》きなテレビ番組《ばんぐみ》のことなど、わかりやすい話《はなし》をするものだった。

それがいきなり、「尊敬《そんけい》するのは……」などとまじめな顔《かお》をしていう。しかも、ブルース・リーとかジャッキー・チェンとか、マリモにはなじみのない名前《なまえ》ばかりだった。

リュウ

ほかのクラスメートたちも、マリモと同《おな》じような思《おも》いを持《も》ったらしい。みんなきょとんとした目《め》つきでリュウを見《み》ている。教室《きょうしつ》にしらーっとした空気《くうき》が流《なが》れ、リュウはますます緊張《きんちょう》して石《いし》みたいにかたくなっていった。

そのとき、マリモの席《せき》の後《うし》ろの方《ほう》から、ケイタの元気《げんき》な声《こえ》が聞《き》こえてきた。

「ぼくはブルース・リーよりもジャッキー・チェンの方《ほう》が好《す》きだなあ。それから、ジャン＝クロード・ヴァン・ダム。きみも知《し》ってるよね。」

一瞬《いっしゅん》、リュウの表情《ひょうじょう》が明《あか》るくなった。

「ええ、知《し》ってます。」

「ジェット・リーは？」

「もちろんです。」

「じゃあ、今度《こんど》いっしょにビデオ見《み》ようか。」

「ありがとう。」

いい雰囲気《ふんいき》になった。リュウはリラックスして笑顔《えがお》を見《み》せるようになったし、ケイタは話《はなし》のあう相手《あいて》を見《み》つけてうれしそうだった。先生《せんせい》もそんなふたりのやりとりを満足《まんぞく》そうにながめている。

でも、マリモはちょっとつまらなかった。リュウとケイタの話《はなし》についていくことができず、なんとなく仲間《なかま》はずれにされたような気《き》がしたからだ。ほかのクラスメートも同《おな》じようなことを感《かん》じているらしく、教室《きょうしつ》のあちこちで話《はな》し声《ごえ》がする。

マリモは思《おも》いきってリュウに聞《き》いてみた。

「ブルース・リーってどんな人《ひと》ですか？」

「えっ？」と、リュウはおどろいたようすを見《み》せ、ふたたび緊張《きんちょう》して体《からだ》をかたくした。

「わたし、知《し》らないんです。ジャッキー・チェンという人《ひと》のことも。」

教室《きょうしつ》が静《しず》かになった。みんな同《おな》じことを聞《き》きたかったらしい。でも、リュウはうまく説明《せつめい》できずにこまっている。

「なんだ、そうだったのか。」

しばらくしてケイタがリュウのかわりに答《こた》えた。

「だったらマリモもいっしょにビデオ見《み》ようよ。『燃《も》えよドラゴン』とか。」

「それって、映画《えいが》なの？」

「ブルース・リーの代表作《だいひょうさく》さ。」

「ふうん……。」

「ブルース・リーはカンフー映画《えいが》のブームをつくったスーパースター、そしてジャッキー・チェンは、その影響《えいきょう》を受《う》けた香港映画《ホンコンえいが》のアクションスターなんだ。」

ケイタは話《はな》しながら立《た》ちあがってブルース・リーのまねをはじめた。

「アチョー！」という変《へん》な声《こえ》を出《だ》しながら、足蹴《あしげ》りや回《まわ》し蹴《げ》りのしぐさをして見《み》せる。

「よし、そこまで。」

と、先生《せんせい》が止《と》めに入《はい》った。

「ブルース・リーのまねはもういいだろう。」

返事《へんじ》をするかわりに、ケイタは小声《こごえ》で一回《かい》だけ「アチョー！」をやり、席《せき》にもどった。

「そういうわけで。」

と、先生《せんせい》があらたまった口調《くちょう》でいった。

「吉村《よしむら》くんはみんなといっしょに勉強《べんきょう》することになったわけだが、まだ日本《にほん》での生活《せいかつ》に慣《な》れていない。こまっているようなときは、みんなで助《たす》けてあげてほしい。わかったな。」
「はーい」と、クラス全員《ぜんいん》が返事《へんじ》をする。
「よろしくお願《ねが》いします」と、リュウが礼儀《れいぎ》正《ただ》しく頭《あたま》を下《さ》げ、それに
こたえるように、ケイタがまた「アチョー！」と声《こえ》をあげた。

2　おじいさんの銅像《どうぞう》

それから数日後《すうじつご》、マリモはケイタや数人《すうにん》のクラスメートといっしょに、リュウの家《いえ》のビデオルームで『燃《も》えよドラゴン』を見《み》た。

ケイタをはじめ、男《おとこ》の子《こ》たちはみんな「アチョー！」でもりあがっていたが、正直《しょうじき》いってマリモはそれほどおもしろい映画《えいが》だとは思《おも》わなかった。なぐったりなぐられたりするシーンが多《おお》く、すごくいたそうな感《かん》じがして楽《たの》しめなかったのだ。

それよりも、マリモはリュウの家《いえ》の庭《にわ》が気《き》に入《い》った。ビデオを見《み》る前《まえ》に、リュウの案内《あんない》で歩《ある》いたのだが、大《おお》きなケヤキの木《き》があったり、きれいに手入《てい》れされた花《か》だんやニシキゴイの泳《およ》ぐ池《いけ》があったり、庭《にわ》というよりも公園《こうえん》みたいに広《ひろ》びろとしていた。

もちろん、家《いえ》の建物《たてもの》も大《おお》きかった。マンションみたいなつくりの三階建《がいだ》てで、いくつ部屋《へや》があるのかわからないほど広《ひろ》く、エレベーターや温水《おんすい》プールまでついている。

ビデオルームにしても、映画館《えいがかん》みたいなスクリーンやスピーカーがセットされていて、二十人《にん》くらいは楽《らく》にすわれるスペースに、ソファや安楽《あんらく》イスが置《お》かれている。

「すげえ！　まるでお城《しろ》みたいじゃないか。」

と、最初《さいしょ》にリュウの家《いえ》を見《み》たとき、ケイタはおどろきの声《こえ》をあげた。

ところが、そんな大《おお》きな家《いえ》だというのに、住《す》んでいるのはたった五人《にん》だけだという。リュウとリュウのおじいさん、おじいさんの秘書《ひしょ》のマツモトさん、家政婦《かせいふ》のヒナコさん、そしてリュウといっしょに上海《シャンハイ》からやってきたチェンさんという中国人《ちゅうごくじん》――。

ふしぎに思《おも》ったマリモがたずねると、リュウは少《すこ》し顔《かお》をくもらせながら、自分《じぶん》の身《み》の上《うえ》について語《かた》りだした。

その話《はなし》によると、リュウのお父《とう》さんは、中国《ちゅうごく》で会社《かいしゃ》を経営《けいえい》していたのだが、数年前《すうねんまえ》、飛行機事故《ひこうきじこ》でなくなったということだった。そして、お母《かあ》さんは今《いま》もひとりで上海《シャンハイ》に住《す》み、お父《とう》さんが残《のこ》した事業《じぎょう》を引《ひ》きついでいるという。つまり、リュウはお母《かあ》さんと、はなればなれになりながら、日本《にほん》にやってきたわけだ。

リュウの話《はなし》を聞《き》くうちに、マリモは悲《かな》しくなった。マリモもおさないころにパパをなくしているが、リュウとはちがい、ママといっしょに楽《たの》しくくらしている。もしママと、はなればなれになったりしたら……と思《おも》うと、胸《むね》の奥《おく》がきゅんとしてたまらない気分《きぶん》になった。

「リュウくん、さびしくないの？」

と、マリモは思《おも》わず聞《き》いてしまった。

すると、リュウは軽《かる》く首《くび》をふり、「大丈夫《だいじょうぶ》、チェンさんがいるから」

と、元気《げんき》に答《こた》えた。

「それに、マリモさんとかケイタくんとか、友《とも》だちもできたからね。」

リュウくんはえらいな……と、マリモは思《おも》った。

しかし、それにしても、リュウの家《いえ》は広《ひろ》すぎて居心地《いごこち》が悪《わる》かった。人《ひと》の気配《けはい》がないせいか、放課後《ほうかご》の学校《がっこう》みたいにがらんとしていて、トイレに行《い》くときなど、ひとりで廊下《ろうか》を歩《ある》いていると、なんとなく気味《きみ》が悪《わる》くなるほどだった。

それに、マリモたちが遊《あそ》びにきているというのに、チェンさんのほかにはだれも姿《すがた》を見《み》せない。まるでリュウとチェンさんのふたりだけが、お城《しろ》みたいな家《いえ》に置《お》きざりにされているような感《かん》じだった。

「リュウくんのおじいさん、どこかにお出《で》かけなの？」

と、マリモは気《き》になってたずねてみた。

「いや、部屋《へや》にいると思《おも》うよ。」

リュウはちょっと首《くび》をかしげながら答《こた》えた。

「ただ、人《ひと》に会《あ》うのがあんまり好《す》きじゃないんだ。ぼくだって、まだ三回《かい》ぐらいしか会《あ》っていない。」

「ふうん。で、ほかの人《ひと》たちは？」

「ぼくもよくわからないんだ。秘書《ひしょ》のマツモトさんも家政婦《かせいふ》のヒナコさんも、おじいさんの世話《せわ》や仕事《しごと》の手伝《てつだ》いをしているっていう話《はなし》だけど。」

「それって、おかしいんじゃないかなあ。」

と、そばで話《はなし》を聞《き》いていたケイタが口《くち》をとがらせながらいった。

「リュウくんのおじいさんて、まるで変《か》わり者《もの》のがんこな王様《おうさま》みたいじゃないか。」

「そうかなあ。」

「そうさ。もしかしたら、鬼《おに》みたいに角《つの》をはやしてコワイ顔《かお》をしているんじゃないか？」

「そんなことないけど……。」

と、答《こた》えながらリュウはふと何《なに》かを思《おも》いついたらしく、マリモたちを案内《あんない》して応接室《おうせつしつ》へとつれていった。そして、部屋《へや》のかたすみに置《お》かれている銅像《どうぞう》を指《ゆび》さし、「これがぼくのおじいさん。角《つの》なんてはえてないだろう？」という。

銅像《どうぞう》の顔《かお》は、リュウによく似《に》ていた。血《ち》のつながる祖父《そふ》と孫《まご》だから、似《に》ていいてふしぎはないのだが、鼻《はな》や口《くち》もとや眉毛《まゆげ》など、まるでコピーをしたみたいにそっくりだった。横《よこ》にならぶと、現在《げんざい》のリュウと数十《すう》年後《ねんご》のリュウを同時《どうじ》に見《み》るような感《かん》じがする。

ただ、額《ひたい》や眉間《みけん》に深《ふか》いしわがきざまれ、大《おお》きな目《め》がぎょろりと宙《ちゅう》をにらんでいるせいか、銅像《どうぞう》の顔《かお》は気《き》むずかしそうで、何《なに》かに対《たい》して腹《はら》を立《た》てているように見《み》える。角《つの》ははえていないが、どちらかといえばコワイ顔《かお》だった。

「リュウくんも、年《とし》をとるとこんな顔《かお》になっちゃうのかなあ。」

と、マリモはため息《いき》まじりにつぶやいた。

すると、ケイタが向《む》きなおり、「そんなことないよ」と、強《つよ》い口調《くちょう》で否定《ひてい》した。

「リュウくんにはぼくらがついているんだ。友《とも》だちがいれば、年《とし》をとっても変《か》わり者《もの》のがんこな王様《おうさま》みたいになったりしない。」

「ありがとう」と、リュウがうれしそうにほほえむ。

「リュウくんのおじいさん、きっと友《とも》だちがいなくてつまらないんだろうな。そのうち、いっしょに遊《あそ》んであげようよ。」

「うん、そうなるといいんだけど……。」

「大丈夫《だいじょうぶ》。オレ、勉強《べんきょう》はダメだけど、遊《あそ》びには自信《じしん》があるんだ。」

ケイタは得意《とくい》そうに胸《むね》をはり、それから銅像《どうぞう》に向《む》かって、「アチョー！」といいながらV《ブイ》サインをして見《み》せた。その瞬間《しゅんかん》、気《き》むずかしそうな銅像《どうぞう》の顔《かお》に苦笑《にがわら》いがうかんだように見《み》えた。

3 HEART《ハート》 CALL《コール》 #556

その夜《よる》、マリモはリュウのことが気《き》になり、ベッドに入《はい》ってもなかなかねむれなかった。

はなればなれにくらすお母《かあ》さん、気《き》むずかしいおじいさん、そして飛《ひ》行《こう》機《き》事《じ》故《こ》でなくなったお父《とう》さんのことなど、考《かんが》えれば考《かんが》えるほどリュウが心配《しんぱい》になってくる。

マリモやケイタの前《まえ》では明《あか》るく元気《げんき》にふるまっていても、ひとりの

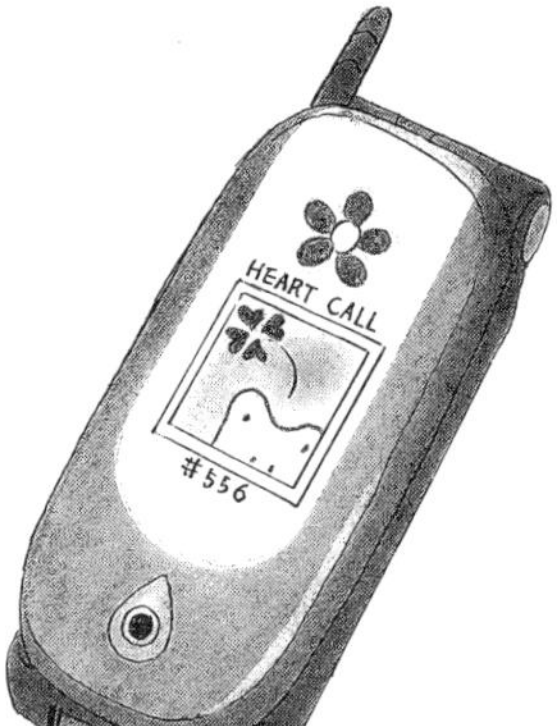

ときは、やっぱりさびしくなったりするのではないだろうか……。

それに、リュウのおじいさんはちょっと変《へん》だと思《おも》う。自分《じぶん》の孫《まご》が上《シャン》海《ハイ》からやってきたというのに、めったに会《あ》いたがらないなんて、まるでリュウのことをきらっているみたいではないか。

もしかしたら、おじいさんは飛行機事故《ひこうきじこ》で息子《むすこ》をなくしたショックから、立《た》ちなおれないでいるのかもしれない。リュウを見《み》ると、昔《むかし》のことを思《おも》いだしてつらくなるのではないだろうか。そうだとしたら、なんとかしてその心《こころ》の傷《きず》をいやしてあげなければ……。

そこまで考《かんが》えたところで、マリモはひさしぶりに、パパが残《のこ》したひみつの地下室《ちかしつ》をのぞいてみようかという気《き》になった。

天才的《てんさいてき》な科学者《かがくしゃ》だったマリモのパパは、物置《ものおき》の地下《ちか》に研究室《けんきゅうしつ》をつくり、おかしな発明品《はつめいひん》をいっぱい考《かんが》えだした。そして、病気《びょうき》でなくなるとき、「マリモの十歳《さい》の誕生《たんじょう》プレゼントに」といって、地下室《ちかしつ》のドアのカギが入《はい》った小箱《こばこ》をママにあずけたのだ。

マリモは十歳《さい》の誕生日《たんじょうび》にそのプレゼントを受《う》けとり、パパが残《のこ》した研究室《けんきゅうしつ》に出入《でい》りするようになった。

パパの発明品《はつめいひん》は、ふだんの生活《せいかつ》には役立《やくだ》ちそうにないものばかりだった。でも、思《おも》いがけない発想《はっそう》や夢《ゆめ》があり、こまったり悲《かな》しんだりしているときのマリモを助《たす》けてくれる。ひょっとしたら、リュウのおじいさんの心《こころ》をいやす発明品《はつめいひん》が見《み》つかるかもしれない。

ベッドからぬけだすと、マリモはママに気《き》づかれないように、足音《あしおと》をしのばせながら物置《ものおき》に向《む》かった。地下室《ちかしつ》の入《い》り口《ぐち》のドアは、物置《ものおき》の奥《おく》の壁《かべ》についている。パパの形見《かたみ》のカギは、お守《まも》りのペンダントみたいにしていつも首《くび》からさげていた。

入《い》り口《ぐち》のドアをあけ、地下室《ちかしつ》につづく階段《かいだん》をおりると、マリモはなんとなくほっとした。地下室《ちかしつ》の電気《でんき》はうす暗《ぐら》く、空気《くうき》は少《すこ》しカビくさかったが、パパの本《ほん》や発明品《はつめいひん》にかこまれているだけで安心《あんしん》できる。パパがどこかで見守《みまも》ってくれているような気《き》がするのだ。

さて、どこから手《て》をつけようかな……と、マリモは腕組《うでぐ》みしながら考《かんが》えた。ぐるりとあたりを見《み》まわしてみたが、そんなに簡単《かんたん》にお目当《めあ》てのものが見《み》つかるとは思《おも》えない。

床《ゆか》も机《つくえ》も本棚《ほんだな》もちらかり放題《ほうだい》になっていて、さがしものをする前《まえ》に、まずかたづけをしなければならないような状態《じょうたい》だった。

「まったくもう、パパはかたづけがへたなんだから。」

と、マリモはそこにパパがいるような調子《ちょうし》で文句《もんく》をいう。

そのとき、机《つくえ》のそばの本棚《ほんだな》で、チカチカと点滅《てんめつ》する赤《あか》く小《ちい》さな光《ひかり》が目《め》に入《はい》った。近《ちか》づいてみると、ピンク色《いろ》の携帯電話《けいたいでんわ》らしきものが、黒《くろ》い充電器《じゅうでんき》のホルダーにおさまっている。点滅《てんめつ》する赤《あか》い光《ひかり》は、充電中《じゅうでんちゅう》のシグナルをしめすパイロットランプの光《ひかり》だった。

「ん？　これってほんとにケイタイ？」

マリモは手《て》にとって確《たし》かめてみた。

大《おお》きさも形《かたち》も、最新《さいしん》モデルのカメラ付《つ》き携帯電話《けいたいでんわ》にそっくりだった。ピンク色《いろ》のケースの外側《そとがわ》には、〈HEART《ハート》 CALL《コール》 ＃556〉という文字《もじ》とカメラ用《よう》の小《ちい》さなレンズがついているし、二つ折《お》りのケースをひらくと、液晶《えきしょう》ディスプレイの画面《がめん》とプッシュボタンがあらわれる。

地下室《ちかしつ》にいて電波《でんぱ》がとどかないせいか、通話《つうわ》ボタンをおしても発信《はっしん》音《おん》は鳴《な》らなかったが、どうやらまちがいなく携帯電話《けいたいでんわ》らしい。

「パパってやっぱりスゴイ！」

マリモは思《おも》わず声《こえ》をあげた。おそらく、パパがこれを発明《はつめい》したころは、世《よ》の中《なか》にまだカメラ付《つ》き携帯電話《けいたいでんわ》なんてなかったただろう。それどころか、ふつうの携帯電話《けいたいでんわ》だってなかったかもしれない。パパの発明《はつめい》は、世《よ》の中《なか》の動《うご》きよりもずっと先《さき》に進《すす》んでいたわけだ。

ただ、パパの発明品《はつめいひん》には、ちょっと変《か》わったしかけがかくされていることが多《おお》い。

たとえば、イヤホン・ステレオだと思《おも》ったものが、動物《どうぶつ》たちと話《はなし》ができるスーパーリンガル・マシーンだったり、ふつうのパソコンだと思《おも》ったものが、過去《かこ》のできごとを映像《えいぞう》で追跡《ついせき》できるマルチ・シンクロ・ナビゲーターだったりする。

もしかしたら、この携帯電話《けいたいでんわ》にも、ひみつのしかけがあるかもしれない……。

ためしに、マリモはカメラのレンズを自分《じぶん》に向《む》け、シャッターの記《き》号《ごう》がついたボタンをおしてみた。カシャッという小《ちい》さな音《おと》がする。どんな感《かん》じかなと思《おも》って液晶《えきしょう》ディスプレイを見《み》ると、ちょっとねむそうな目《め》をした自分《じぶん》の顔《かお》が写《うつ》っていた。

ごくあたりまえのデジカメ機能《きのう》にすぎなかった。すごく美人《びじん》に写《うつ》るとか、未来《みらい》の自分《じぶん》が見《み》えるとか、何《なに》かしらひみつのしかけがあることを期待《きたい》していたのだが、残念《ざんねん》ながらそれはないようだった。

なあんだ、つまんないの……と、あきらめてスイッチを切《き》ろうとしたとき、マリモの中《なか》にふとひらめくものがあった。ケースの外側《そとがわ》に記《しる》された〈HEART《ハート》 CALL《コール》 ＃556〉という文字《もじ》に、ひみつのキーワードがかくされているのではないかという気《き》がしたのだ。

「きっと、これだわ。」

と、マリモはつぶやきながらプッシュボタンをおしていった。

「#と、それから5、5、6。」

その瞬間《しゅんかん》、液晶《えきしょう》ディスプレイに表示《ひょうじ》されていたマリモの画像《がぞう》に変化《へんか》が生《しょう》じた。髪《かみ》や肩《かた》や腕《うで》など、体《からだ》のりんかくにそって虹色《にじいろ》の光《ひかり》が広《ひろ》がり、マリモをつつみこんでいったのだ。まるで虹色《にじいろ》にかがやくオーラにつつまれているように見《み》える。

「きれい……。」

マリモは画像《がぞう》に見《み》とれ、液晶《えきしょう》ディスプレイに目《め》を近《ちか》づけた。すると、

電話《でんわ》の通話口《つうわぐち》からだれかの声《こえ》が聞《き》こえてくる。耳《みみ》にあてると、それはマリモ自身《じしん》の声《こえ》だった。

――これって、どういうことなのかしら。あたしのオーラが写《うつ》っているの？　それとも、虹《にじ》の世界《せかい》からのメッセージ？　ああ、こんなときパパがいてくれたらいいのに。お願《ねが》い、パパ、どういうことなのか教《おし》えて……。

電話《でんわ》で自分《じぶん》の声《こえ》を聞《き》くなんて、とてもふしぎな気分《きぶん》だった。しかもその声《こえ》は、マリモが心《こころ》の中《なか》で思《おも》っていることを、そのまま言葉《ことば》にしている。つまり、自分《じぶん》の心《こころ》の声《こえ》が聞《き》こえているわけだ。そのことに気《き》づいたとき、マリモはこの携帯電話《けいたいでんわ》のひみつのしかけがわかった。

「これって、人《ひと》の心《こころ》の声《こえ》を聞《き》くことができるケイタイなんだ。写真《しゃしん》にとって、〈♯556〉のボタンをおせば、その人《ひと》の本当《ほんとう》の心《こころ》を知《し》ることができる。そうだったんだ……。」

マリモは電話《でんわ》を耳《みみ》からはなし、あらためて液晶《えきしょう》ディスプレイの画像《がぞう》をながめた。虹色《にじいろ》にかがやくオーラのような光《ひかり》は、先《さき》ほどよりも少《すこ》し青《あお》みをおび、落《お》ちついた色《いろ》あいに変《か》わっている。たぶん、それはマリモの心《こころ》の波動《はどう》をしめしているのだろう。

——このケイタイをじょうずに使《つか》えば、リュウくんをなぐさめることもできるし、リュウくんのおじいさんの心《こころ》をいやしてあげることもできるかもしれない。パパ、ありがとう……。

4　心《こころ》の回路《かいろ》をつなぐ

次《つぎ》の日《ひ》の昼休《ひるやす》み、マリモが図書係《としょがかり》の当番《とうばん》で本棚《ほんだな》の整理《せいり》をしていると、ケイタが声《こえ》をかけてきた。

「今日《きょう》、学校《がっこう》が終《お》わったら、リュウくんちに遊《あそ》びに行《い》かないか？　チェンさんが太極拳《たいきょくけん》を教《おし》えてくれるんだ。」

ふりむくと、ケイタといっしょにリュウも立《た》っている。

いいタイミングだわ……と、マリモは思《おも》った。

というのも、ちょうどそのとき、マリモもリュウの家《いえ》に遊《あそ》びに行《い》くことを考《かんが》えていたところだったからだ。〈ひみつのケイタイ〉で、リュウのおじいさんや家《いえ》の人《ひと》たちの写真《しゃしん》をとりたいと思《おも》っていたのだ。

「わかったわ。」

と、マリモは持《も》っていた本《ほん》を置《お》きながら答《こた》えた。

「でも、あたし、一度《ど》家《いえ》に帰《かえ》らなければいけないんだけど、それからでもかまわない？」

「もちろんさ」と、ケイタがうなずき、リュウも笑顔《えがお》を見《み》せる。

「ありがとう。」

マリモは礼《れい》をいい、本棚《ほんだな》の整理《せいり》にもどった。

「おくれると思《おも》うから、太極拳《たいきょくけん》の練習《れんしゅう》、先《さき》にはじめてね。」

学校《がっこう》が終《お》わると、マリモは急《いそ》いで家《いえ》に帰《かえ》り、植木鉢《うえきばち》に水《みず》をやったり、ママに置《お》き手紙《てがみ》を書《か》いたりしてからリュウの家《いえ》に向《む》かった。植木鉢《うえきばち》の世話《せわ》はマリモの役目《やくめ》だったし、置《お》き手紙《てがみ》は仕事《しごと》でいそがしくしているママを心配《しんぱい》させないためだった。

もちろん、〈ひみつのケイタイ〉は、わすれずに持《も》ってでた。

マリモにとってその日《ひ》いちばんの目的《もくてき》は、太極拳《たいきょくけん》ではなくリュウの家《いえ》の人《ひと》たちの写真《しゃしん》をとることだった。それも相手《あいて》に気《き》づかれないように、こっそりないしょでとらなければならない。〈ひみつのケイタイ〉で〈ひみつの写真《しゃしん》〉をとるわけだ。

なんだかちょっと悪《わる》いことをするみたい……と、マリモは思《おも》った。でも、シャッターをおすときのことを考《かんが》えると、胸《むね》がドキドキしておもしろいような気《き》もする。もしかしたら、これってアブナイことなのかもしれない……。

リュウの家《いえ》につく前《まえ》に、マリモにはためしてみたいことがあった。〈ひみつのケイタイ〉で写真《しゃしん》をとると、本当《ほんとう》に人《ひと》の心《こころ》の声《こえ》を聞《き》くことができるのかどうか、ちゃんと確《たし》かめておきたかったのだ。

パパの発明品《はつめいひん》は天才的《てんさいてき》ですごいのだが、ときどき、とんでもない失《しっ》敗作《ぱいさく》や欠陥品《けっかんひん》があったりする。もしかしたら、自分自身《じぶんじしん》の心《こころ》の声《こえ》しか聞《き》くことができなかったり、パパが知《し》っている人《ひと》の写真《しゃしん》しかとれなかったりするかもしれない。

「まったく、親《おや》が天才《てんさい》だと、子《こ》どもは苦労《くろう》するわ……。」

そんなことをつぶやきながら、マリモは何人《なんにん》かの街《まち》の人《ひと》たちの写真《しゃしん》をとった。そして、公園《こうえん》のベンチにすわり、ふつうのケイタイをかけているふりをしながら心《こころ》の声《こえ》を聞《き》いてみる。

操作《そうさ》は簡単《かんたん》だった。

まず、〈ファイル〉のボタンをおして、とった写真《しゃしん》の画像《がぞう》をよびだす。次《つぎ》に、〈→〉か〈←〉のボタンをおして、心《こころ》の声《こえ》が聞《き》きたい相手《あいて》の写真《しゃしん》を選《えら》ぶ。そして、液晶《えきしょう》ディスプレイに写真《しゃしん》が表示《ひょうじ》されるのを待《ま》って、〈♯56〉の番号《ばんごう》をおせばいいのだ。

最初《さいしょ》に、マリモは家《いえ》の近《ちか》くにある交番《こうばん》のおまわりさんの声《こえ》を聞《き》いてみることにした。顔見知《かおみし》りの若《わか》いおまわりさんで、通《とお》りすがりにマリモがあいさつすると、腕《うで》をピシッと曲《ま》げて敬礼《けいれい》する。あのおまわりさん、いつも生真面目《きまじめ》な顔《かお》をしてどんなことを考《かんが》えているのかしら……。

写真《しゃしん》を選《えら》び、〈＃５５６〉の番号《ばんごう》をおすと、画像《がぞう》があわいピンク色《いろ》の光《ひかり》につつまれ、おまわりさんの声《こえ》が聞《き》こえてきた。

――あれっ？　あの女《おんな》の子《こ》、歌手《かしゅ》の宇多田《うただ》ヒカルに似《に》てるなあ……うーん、でもちがうか……宇多田《うただ》ヒカルがこんなとこ歩《ある》いてるはずないもんなあ……そういえば、さっき海野《うみの》さんちのマリモさんがあいさつしていったけど、あの子《こ》、バツグンにかわいいよなあ……どこへ出《で》かけたんだろう……ん？　あっちから歩《ある》いてくる女《おんな》の子《こ》、きれいな足《あし》してるなあ……いいなあ……道《みち》でも聞《き》きにこないかなあ……。

バカみたい……と、マリモはあきれてスイッチを切《き》った。あのおまわりさん、いつもこんなことばかり考《かんが》えてるのかしら。でも、まあ、悪《わる》い人《ひと》ではなさそうだわ。だって、マリモのことを「バッグンにかわいい」なんていってくれたんだから……。

次《つぎ》に、マリモはバス停《てい》のそばにあるタバコ屋《や》のおばあさんの声《こえ》を聞《き》いてみた。おばあさんはいつもひざの上《うえ》に三毛《みけ》ネコをのせ、一日中《にちじゅう》じっと動《うご》かずに店番《みせばん》をしている。おばあさんも三毛《みけ》ネコも、ねむっているように見《み》えることが多《おお》い。何《なに》を考《かんが》えているのかしら……。

〈#556〉の番号《ばんごう》をおすと、おばあさんの画像《がぞう》はスミレ色《いろ》の光《ひかり》につつまれ、ネコに語《かた》りかける声《こえ》が聞《き》こえてきた。

――ミーちゃんや、昔《むかし》、わたしがお姫様《ひめさま》だったなんて、だれも信《しん》じちゃくれないだろうねえ……いいのさ、今《いま》さらお城《しろ》になんか帰《かえ》りたくないからね……でもミーちゃん、気《き》をつけなきゃいけないよ。となりの家《いえ》のゴンは、昔《むかし》、西《にし》の森《もり》でさんざ悪《わる》さをした盗賊《とうぞく》の頭《かしら》だからね……つかまって、しばり首《くび》になりそうになったので、犬《いぬ》に姿《すがた》を変《か》えてにげてきたのさ……ああ、あのころは大変《たいへん》だったねえ……。

おばあさん、きっといねむりして夢《ゆめ》を見《み》てるんだわ……と、マリモは思《おも》った。でも、タバコ屋《や》のおばあさんがお姫様《ひめさま》だったなんて、本当《ほんとう》

だったらおもしろいのになあ……。

それから、マリモはとった写真《しゃしん》を次《つぎ》つぎにチェックしていった。

みんな心《こころ》の中《なか》では思《おも》いがけないことを考《かんが》えていた。

いつも愛想《あいそ》のいいくだもの屋《や》のおねえさんは、仕事《しごと》がつまらなくてもうイヤだとなげいていたし、バス停《てい》にいた女子大生《じょしだいせい》は、ボーイフレンドをだまして新《あたら》しい恋人《こいびと》をつくろうとしていた。通《とお》りすがりのサラリーマン風《ふう》のおじさんなどは、むしゃくしゃするのでだれかをなぐりたいとわめいていた。

そんな心《こころ》の声《こえ》を聞《き》くうちに、マリモはちょっとイヤな気分《きぶん》になってきた。人《ひと》が信《しん》じられなくなってくるし、なんとなくこわくなってくる。

人《ひと》が心《こころ》の中《なか》に持《も》っているひみつは、おもしろ半分《はんぶん》に見《み》たり聞《き》いたりしてはいけないのだろう。

でも、〈ひみつのケイタイ〉が、パパの失敗作《しっぱいさく》や欠陥品《けっかんひん》じゃないことはわかった。たぶん、パパは天才的《てんさいてき》な発想《はっそう》で、人《ひと》の心《こころ》の波動《はどう》をキャッチして音声《おんせい》に変《か》えるシステムを考《かんが》えだしたのだろう。

そういえば、パパは人《ひと》の心《こころ》が持《も》つエネルギーに興味《きょうみ》があったらしく、そのすばらしさについてマリモに話《はな》してくれたことがある。

「心《こころ》のエネルギーは、宇宙《うちゅう》のはてまでとどく力《ちから》をもっているんだよ。だから、心《こころ》の回路《かいろ》をつなぐことができれば、いつでもどこでも相手《あいて》の声《こえ》を聞《き》くことができるはずなんだ。たとえば、遠《とお》くはなれていても、愛《あい》しあう者同士《ものどうし》がテレパシーで心《こころ》と心《こころ》を通《つう》じあわせるようにね。」

そうか、〈ひみつのケイタイ〉は心《こころ》の回路《かいろ》をつなぐための発明品《はつめいひん》だったんだ……と、マリモは少《すこ》しだけパパの考《かんが》えがわかるような気《き》がした。

だとしたら、〈ひみつの写真《しゃしん》〉はその回路《かいろ》をひらくためのアドレスみたいなものかもしれない……。

よし、これだけわかればもう大丈夫《だいじょうぶ》だわ……と、マリモは公園《こうえん》のベンチから立《た》ちあがり、リュウの家《いえ》に向《む》かって歩《ある》きだした。でも、さっきみたいに街《まち》の人《ひと》たちの写真《しゃしん》をとったりはしない。

「本当《ほんとう》に必要《ひつよう》なときやこまったとき以外《いがい》、このケイタイを使《つか》ってはいけないよ」と、どこからかパパの声《こえ》が聞《き》こえてくるような気《き》がした。

5 マリモ、ひみつの写真《しゃしん》をとる

マリモがリュウの家《いえ》についたとき、太極拳《たいきょくけん》の練習《れんしゅう》はもうはじまっていた。リュウもケイタもチェンさんも庭《にわ》に出《で》ていたので、インターホンのブザーをおしてもなかなか返事《へんじ》がなく、しばらくして玄関《げんかん》のドアをあけてくれたのは家政婦《かせいふ》のヒナコさんだった。

ヒナコさんは背《せ》の高《たか》い女《おんな》の人《ひと》だった。見《み》たところ、マリモのママよりも少《すこ》し若《わか》い感《かん》じがする。マリモがおじぎをすると軽《かる》くうなずき、「リ

ユウのお友《とも》だちね？」といいながら家《いえ》の中《なか》に入《い》れてくれた。

仕事《しごと》のせいでつかれていたのかもしれないが、ヒナコさんは無口《むくち》で笑顔《えがお》も見《み》せず、きげんが悪《わる》いときのママみたいに、なんとなく近《ちか》よりがたい感《かん》じがした。後《うし》ろについて廊下《ろうか》を歩《ある》きながら、こわそうな人《ひと》だな……と、マリモは思《おも》った。

でも、せっかくのシャッターチャンスをのがすわけにはいかない。

マリモはポケットから〈ひみつのケイタイ〉をとりだし、メールをチェックしているようなふりをしながら、レンズをヒナコさんに向《む》けた。

そして、廊下《ろうか》の曲《ま》がり角《かど》でヒナコさんがこちらをふりむいた瞬間《しゅんかん》、タイミングよくシャッターのボタンをおした。

すごいスリルだった。口《くち》の中《なか》がカラカラにかわき、その場《ば》からにげだしたい気分《きぶん》になった。でも、そんなことをしたらかえって疑《うたが》われてしまう。マリモは必死《ひっし》でふみとどまり、何《なに》ごともなかったような顔《かお》をしてメールをチェックするふりをつづけた。

さいわい、ヒナコさんは写真《しゃしん》をとられたことに気《き》づかないようすだった。マリモがケイタイを手《て》にしているのを見《み》て、ちょっと眉《まゆ》をひそめたが、べつに何《なに》もいわなかった。おそらく、よその家《いえ》にきてもメールに熱中《ねっちゅう》する礼儀《れいぎ》知《し》らずの女《おんな》の子《こ》だと思《おも》ったのだろう。

マリモはほっと胸《むね》をなでおろした。ケイタイをポケットにしまい、おとなしくヒナコさんのあとをついていく。やがて庭《にわ》に面《めん》したベランダに出《で》て、ヒナコさんが手《て》まねきした。

「リュウもチェンさんも、あのケヤキの木《き》の向《む》こうにいるはずよ。ここからじゃ見《み》えないけど、わかるわね。」

それだけいうと、ヒナコさんはすぐ家《いえ》の中《なか》に引《ひ》きかえした。マリモの返事《へんじ》も聞《き》かず、お礼《れい》のあいさつをする間《ま》もない。まるで一刻《いっこく》も早《はや》くその場《ば》からはなれたがっているような感《かん》じだった。

やっぱりこの家《いえ》の人《ひと》って変《へん》だわ……と、マリモは思《おも》った。リュウのおじいさんのせいで、みんな人《ひと》と会《あ》うのがきらいになってしまったのかしら。それとも、何《なに》かほかにリュウやチェンさんたちがきらわれる特別《とくべつ》な理由《りゆう》でもあるのかしら……。

そんなことを考《かんが》えながら歩《ある》きだそうとしたとき、マリモはふと思《おも》いつき、家《いえ》の中《なか》に引《ひ》きかえした。太極拳《たいきょくけん》の練習《れんしゅう》をするより先《さき》に、リュウのおじいさんの写真《しゃしん》をとってしまおうと思《おも》ったのだ。

そのための計画《けいかく》はすでに考《かんが》えてあった。べつにむずかしいことではない。まちがえたふりをしておじいさんの部屋《へや》に入《はい》っていき、どさくさまぎれにシャッターをおしてしまう。そして、しかられる前《まえ》に「ごめんなさい」とあやまり、部屋《へや》から出《で》てしまえばいいのだ。

すごく失礼《しつれい》で乱暴《らんぼう》なやり方《かた》かもしれないが、成功《せいこう》する確率《かくりつ》は高《たか》いような気《き》がする。もちろん、おじいさんは〈ひみつのケイタイ〉のことなんて知《し》らないし、まさかリュウの同級生《どうきゅうせい》の女《おんな》の子《こ》が、そんな悪知恵《わるぢえ》をはたらかせるとは思《おも》わないだろう。

リュウから聞《き》いた話《はなし》によると、おじいさんがふだんいる部屋《へや》は、三階《がい》の廊下《ろうか》のつきあたりにあるということだった。

家《いえ》の中《なか》に入《はい》ると、マリモはまずケイタイをとりだし、いつおじいさんに出会《であ》ってもすばやく写真《しゃしん》がとれるように準備《じゅんび》をととのえた。それから、階段《かいだん》を使《つか》って三階《がい》まであがり、周囲《しゅうい》のようすをうかがいながら長《なが》い廊下《ろうか》を歩《ある》きだした。

と、そのとき、廊下《ろうか》の右側《みぎがわ》にある部屋《へや》のドアがひらき、黒《くろ》っぽい背広《せびろ》を着《き》た男《おとこ》の人《ひと》が目《め》の前《まえ》に立《た》ちはだかった。

「きみ、どこへ行《い》くつもりなんだ？」

大《おお》きな男《おとこ》の人《ひと》だった。見《み》あげるとすごい目《め》でにらまれ、まるでカミナリみたいな太《ふと》い声《こえ》が頭《あたま》の上《うえ》からふってくる。

一瞬《いっしゅん》、マリモは息《いき》が止《と》まりそうになるほどおどろいた。でも、そこでうろたえたりすればあやしまれる。とっさに頭《あたま》をはたらかせ、マリモはふるえそうになるのをこらえながら答《こた》えた。

「ト、トイレがわからなくて、それで、だれかいないかと思《おも》って……。」

「そうか、トイレか」と、男《おとこ》の人《ひと》はうなずいた。そして、「ついていらっしゃい」といいながら、先《さき》に立《た》って歩《ある》きだす。

マリモは、ほっとしてそのあとについていった。落《お》ちついて考《かんが》えれば、おどろくほどのことではなかったと思《おも》えてくる。マリモがおじい

さんの写真《しゃしん》をとろうとしているなんて、だれも知《し》らないことなのだ。不意《ふい》をつかれて混乱《こんらん》したが、そのたくらみを見《み》やぶられたわけではない。

それに、廊下《ろうか》でだれかと出会《であ》うことだって、ちゃんと予想《よそう》していたはずだった。たとえばヒナコさんとか……と、そこまで考《かんが》えたところで、マリモは前《まえ》を行《い》く男《おとこ》の人《ひと》が秘書《ひしょ》のマツモトさんだということにようやく気《き》づいた。

あたしってとんでもないおバカさんだわ……と、マリモは舌打《したう》ちしたい気分《きぶん》になった。ぼんやりしているうちに、せっかくのシャッターチャンスをのがしそうになっている。これじゃ女《おんな》スパイも失格《しっかく》ね。

マリモは気《き》をとりなおし、ケイタイのレンズをマツモトさんに向《む》けた。ヒナコさんのときと同《おな》じように、メールをチェックするふりをしながらシャッターチャンスを待《ま》つ。そして、マツモトさんがトイレの前《まえ》で立《た》ちどまり、ふりむいた瞬間《しゅんかん》、シャッターをおした。

「またまようといけないから、ここで待《ま》っていてあげるからね。」

と、マツモトさんは親切《しんせつ》そうにいう。どうやら写真《しゃしん》をとられたことには気《き》づかなかったようすだった。

「すいません。」

マリモはお礼《れい》をいってトイレに入《はい》る。

こまったな……と、思《おも》った。マツモトさんがトイレの外《そと》で待《ま》っていたのでは、おじいさんの写真《しゃしん》をとりにいくことなどできそうにない。こんなとき、本物《ほんもの》の女《おんな》スパイはどうするのだろう。ブルース・リーみたいに、見《み》はりをなぐりたおして出《で》ていくのかしら。それとも……。

いくら考《かんが》えても、いいアイディアはうかんでこなかった。マリモはあきらめてトイレを出《で》ようとした。が、まだ何《なに》かわすれていることがあるような気《き》がする。それがなんだったのかを思《おも》いだそうとしたとき、とつぜん、ひらめくものがあった。

——そうだ、〈ひみつのケイタイ〉があったんだ！　これでマツモトさんの心《こころ》の声《こえ》を聞《き》けば、きっと何《なに》かいい方法《ほうほう》が見《み》つかるんじゃないかしら。だって、パパが力《ちから》になってくれるはずだもの……。

6　マツモトさんの陰謀《いんぼう》

マリモは〈ひみつのケイタイ〉をとりだし、画像《がぞう》ファイルの中《なか》からマツモトさんの写真《しゃしん》をひらいた。

液晶《えきしょう》ディスプレイに、こちらを向《む》いて話《はな》しかけようとしているマツモトさんがうつる。うす笑《わら》いをうかべているが、目《め》つきがするどく、じっと見《み》ているとこわくなるような顔《かお》だ。

どうかうまくいきますように……と、マリモは祈《いの》るような気《き》持《も》ちで

心《こころ》の声《こえ》をよびだすボタンをおした。

「#と、それから5、5、6。」

画像《がぞう》が変化《へんか》した。マツモトさんの姿《すがた》が黒《くろ》いシルエットになり、その背後《はいご》に、赤《あか》みをおびた煙《けむり》のようなものがただよいはじめる。なんとなく無気味《ぶきみ》な感《かん》じだった。いつだったかアニメの中《なか》で見《み》た死神《しにがみ》の姿《すがた》によく似《に》ている。

マリモはケイタイの通話口《つうわぐち》に耳《みみ》をよせた。マツモトさんの心《こころ》の声《こえ》が低《ひく》くつぶやくように聞《き》こえてくる。

――危《あぶ》ないところだったな……あんな子《こ》どもにウロチョロされて、ジイさんをいためつけている姿《すがた》を見《み》られたりしたら、せっかくの計画《けいかく》が台無《だいな》しになってしまうからな……それにしても、しぶといジイさんだ。もっといためつけて、早《はや》くカタをつけないと……ん？　そういえば、ずいぶん長《なが》いトイレだな……どうしたんだろう……ちょっとようすを見《み》た方《ほう》がいいかもしれないな……。

そこまで聞《き》いたところで、マリモはあわててトイレの水《みず》を流《なが》し、ケイタイをしまった。

「大丈夫《だいじょうぶ》かな？」

ノックの音《おと》がして、トイレの外《そと》からマツモトさんが声《こえ》をかけてくる。

「ハーイ！」

マリモは元気《げんき》よく答《こた》え、それから大《おお》きく深呼吸《しんこきゅう》をした。

どうやら、とんでもないことを聞《き》いてしまったらしい。マツモトさんが心《こころ》の中《なか》で「ジイさん」とよびすてにしているのは、たぶんリュウのおじいさんのことだろう。そして、マツモトさんはおじいさんを部《へ》屋《や》にとじこめ、ひどい目《め》にあわせているらしい。

写真《しゃしん》をとるどころの話《はなし》ではない。早《はや》く助《たす》けてあげないと大変《たいへん》なことになる。でも、どうやって？

しっかりしないとだめよ……と、マリモは自分《じぶん》にいいきかせ、何《なに》ごともなかったような顔《かお》をしてトイレから出《で》た。

「すいません。お待《ま》たせしました。」

笑顔《えがお》をうかべ、できるだけほがらかなようすを見《み》せる。とにかく今《いま》は、よけいなことを考《かんが》えず、リュウたちのところに行《い》くことが先《さき》だ。そのためには、マツモトさんにあやしまれないように、無邪気《むじゃき》な小学《しょうがく》生《せい》のふりをしなければならない。

「きみはリュウの友《とも》だちだね？」

と、先《さき》に立《た》って廊下《ろうか》を歩《ある》きながらマツモトさんがいう。

「はい。」

「同級生《どうきゅうせい》？」

「ええ。」

「遊《あそ》びにくるのは今日《きょう》がはじめてかな？」

「いえ、二回目《かいめ》です。」

「ふうん。じゃあ、どうしてトイレがわからなくなったんだろう。」

マツモトさんがふりむき、疑《うたが》うような目《め》つきでマリモを見《み》る。

「わたし方向《ほうこう》オンチなんです。それに、リュウくんちってお城《しろ》みたいに広《ひろ》いでしょう。目印《めじるし》もないし。」

「目印《めじるし》？」

「ほら、駅《えき》とかデパートにあるでしょう。トイレのマークと矢印《やじるし》がついてるやつ。」

「ああ、あれのことか。」

とうなずきながら、マツモトさんは急《きゅう》に笑《わら》いだした。

「きみはおもしろいことをいうね。そうか、目印《めじるし》か……。」

「絶対《ぜったい》に必要《ひつよう》だと思《おも》うんです。じゃないと、お客《きゃく》さんがみんなトイレで迷子《まいご》になっちゃうでしょう。」

「わかった。考《かんが》えておくことにするよ。」

「お願《ねが》いします。」

マツモトさんはマリモの話《はなし》に納得《なっとく》したようすだった。

しばらくの間《あいだ》、ひとりでくすくすと笑《わら》いつづけていたが、庭《にわ》に面《めん》したベランダのところまでくると、きびしい顔《かお》つきにもどり、「今度《こんど》トイレのときは、リュウに案内《あんない》してもらいなさい。また迷子《まいご》になるところまるだろう」といった。

「はい。わかりました。」

マリモはすなおに頭《あたま》をさげ、それからリュウたちのいる方《ほう》に向《む》かって歩《ある》きだした。背中《せなか》にマツモトさんの視線《しせん》を感《かん》じる。走《はし》ってにげたくなる気分《きぶん》だったが、じっとこらえ、歩《ある》きつづける。

悪夢《あくむ》を見《み》ているような感《かん》じだった。歩《ある》いても歩《ある》いても前《まえ》に進《すす》まないもどかしさがつきまとう。しばらくして、ケヤキの木《き》の向《む》こうにリュウたちの姿《すがた》が見《み》えたとき、マリモはうれしくて涙《なみだ》が出《で》そうになった。

「おそかったなあ。みんな心配《しんぱい》してたんだぜ。」

ケイタがかけよってきてマリモをむかえる。

「ごめんね。あとで話《はな》すけど、いろいろあって……。」

「大丈夫《だいじょうぶ》か？」

「うん。練習《れんしゅう》つづけてよ。あたし、あそこのベンチでちょっと休《やす》ませてもらうから。」

「わかった。」

ケイタはかけもどり、リュウとチェンさんに何《なに》か話《はな》してから、ふたたび太極拳《たいきょくけん》の練習《れんしゅう》をはじめた。そのようすをながめながら、マリモはケヤキの木《き》の下《した》のベンチにすわり、ひと息《いき》つく。

どんなふうに話《はなし》をすればいいかしら……と、マリモは思《おも》った。

もちろん、〈ひみつのケイタイ〉のことは、うちあけるわけにいかない。それに、マツモトさんがおじいさんをひどい目《め》にあわせていることにしても、自分《じぶん》の目《め》で確《たし》かめたわけではない。

話《はなし》をするとすれば、トイレにまよって三階《がい》の廊下《ろうか》を歩《ある》いているとき、おじいさんの悲鳴《ひめい》が聞《き》こえてきたとでもいうしかないだろう。そしてその部屋《へや》からマツモトさんが出《で》てきて、すごい目《め》でにらまれたということをつけくわえる。

でも、そんなあやふやな話《はな》し方《かた》で、リュウたちに信《しん》じてもらえるかしら……。

考《かんが》えるうちに、マリモはふと家政婦《かせいふ》のヒナコさんのことが気《き》になった。ヒナコさんのきげんが悪《わる》かったのも、もしかしたらこのことと関《かん》係《けい》があるのかもしれない。いや、きっとそうだわ……。

マリモは急《いそ》いで〈ひみつのケイタイ〉をとりだし、液晶《えきしょう》ディスプレイにヒナコさんの写真《しゃしん》をよびだした。そして、心《こころ》の声《こえ》をコールするボタンをおす。

「#と、5、5、6。」

すると、画像《がぞう》がいちめん青《あお》ざめた霧《きり》のようなものにつつまれ、ヒナコさんの細《ほそ》くふるえるような声《こえ》が聞《き》こえてきた。

——どうしよう……このままじゃ会長《かいちょう》が殺《ころ》されてしまう……マツモトさんはもうふつうじゃない。鬼《おに》みたいな目《め》になって、あたしのことまで殺《ころ》すつもりでいるのかもしれない……こわいわ……でも、相談《そうだん》できる人《ひと》なんてだれもいないし、警察《けいさつ》に連絡《れんらく》したら、あたしも共犯《きょうはん》だからつかまってしまう……ああ、どうしたらいいのかしら……。

「大変《たいへん》だわ。」

マリモは思《おも》わず声《こえ》をあげ、立《た》ちあがった。まよっている場合《ばあい》じゃない。一刻《いっこく》も早《はや》くリュウたちと相談《そうだん》して、おじいさんを助《たす》けださなければいけない。話《はなし》を信《しん》じてもらえなかったら、どんなことをしても信《しん》じさせるようにしなければならない。

「リュウ！　ケイタ！」

マリモは大声《おおごえ》でさけびながらかけだした。

7 リュウの怒《いか》りと悲《かな》しみ

マリモの話《はなし》を聞《き》くと、リュウは顔色《かおいろ》を変《か》え、立《た》ちあがった。

「わかった。とにかくぼくは、おじいさんのようすを確《たし》かめることにするよ。」

「でも、どうやって?」と、マリモが心配《しんぱい》そうに聞《き》く。

「簡単《かんたん》さ。今《いま》からすぐ、おじいさんに会《あ》いに行《い》けばいいのさ。」

「それって、ヤバイんじゃないかなあ。」

ケイタが口《くち》をはさむ。

「へたをしたら、今度《こんど》はリュウまでつかまって、ひどい目《め》にあわされるかもしれないじゃないか。」

「大丈夫《だいじょうぶ》。」

と、リュウは自信《じしん》ありそうに答《こた》える。

「もしそうなったら、チェンさんが助《たす》けにきてくれるし、ケイタくんやマリモさんだって力《ちから》になってくれるだろう?」

「そりゃあ、まあ、そうだけどさ……。」

「もし三十分《ぷん》以上《いじょう》たってもぼくがもどらなかったら、チェンさんと相《そう》談《だん》して動《うご》いてもらえるかな。」

「もちろんさ。」

「じゃあ、ちょっと行《い》ってくるから。」

それだけいうと、リュウは家《いえ》の方《ほう》に向《む》かって歩《ある》きだした。

ひとりで大丈夫《だいじょうぶ》かしら……と、マリモは心配《しんぱい》になった。そしてふと思《おも》いつき、リュウをよびとめた。

「えっ？　何《なに》？」と、リュウが立《た》ちどまり、ふりかえる。

マリモは急《いそ》いで〈ひみつのケイタイ〉をとりだし、リュウの写真《しゃしん》をとった。

「何《なに》かあったときのためのおまじないよ。気《き》をつけてね。」

「ありがとう。」

リュウは笑顔《えがお》を見《み》せ、それからまた向《む》きなおって歩《ある》いていった。

「あいつ、根性《こんじょう》あるなあ。」

ケイタが感心《かんしん》したようにつぶやく。

「オレだったら、チェンさんかだれかについていってもらうけどな。」

「それ、かえって危《あぶ》ないね。」

と、不意《ふい》にチェンさんの声《こえ》がした。

ケイタとマリモがふりむくと、いつの間《ま》に近《ちか》づいてきたのか、チェンさんはふたりのすぐ後《うし》ろに立《た》っていた。

「リュウひとりだったら、それほど警戒《けいかい》されない。でも、わたしいっしょだったら、すごく警戒《けいかい》されて、おじいさんの命《いのち》、危《あぶ》なくなるね。」

「そうか。そういうことか。」

「それに、マツモトさんが本当《ほんとう》に悪《わる》いことしてるかどうか、まだわからないからね。同《おな》じ家《いえ》にいる人《ひと》を疑《うたが》って、さわいだら、何《なに》もなかったとき、リュウもわたしもこまることになるね。」

「いろいろむずかしいんだなあ。オレだったら、みんなでおしかけていって、いっぺんにケリつけようとするけどな。」

「うーん、そうですねえ。そうできるといいんですけどねえ……。」

話《はな》しながら、チェンさんは深《ふか》いため息《いき》をついた。そして、リュウのことが気《き》になるのか、家《いえ》の方《ほう》に目《め》をやり、そのままじっと動《うご》かなくなった。

チェンさんてふしぎな人《ひと》だわ……と、マリモは思《おも》った。白《しろ》いあごひげをはやし、仙人《せんにん》みたいに見《み》えるが、若《わか》いのか年《とし》よりなのか、まったくわからない。いつもちょっとはなれたところにいて、リュウを静《しず》かに見守《みまも》っている。いったいどういう人《ひと》なのかしら……。

マリモはそっと〈ひみつのケイタイ〉をとりだし、チェンさんの横《よこ》顔《がお》を写真《しゃしん》にとった。それからついでにケイタの写真《しゃしん》もとっておく。ふたりともリュウのことに気《き》をとられているらしく、マリモの動《うご》きには気《き》づかないようすだった。

それから間《ま》もなく、リュウが急《いそ》ぎ足《あし》でもどってきた。こわばった顔《かお》つきをして、まるで怒《おこ》っているように見《み》える。

「やっぱりマリモさんのいうとおりだった。マツモトさんはおかしい。おじいさんはどこかにとじこめられているのかもしれない。」

それだけいうと、リュウはその場《ば》にしゃがみこんだ。息《いき》づかいがあらく、次《つぎ》の言葉《ことば》が出《で》てこない。何《なに》をどう話《はな》せばいいのか、ひどく混乱《こんらん》していてわからないようすだった。

「おじいさんには会《あ》えなかったんですね？」

と、チェンさんが、かがみこんでリュウの肩《かた》をだきながらいう。

「旅行《りょこう》に出《で》かけているっていうんだ。いつ帰《かえ》るのかって聞《き》くと、わからないって答《こた》える。どこへ行《い》ったのかも知《し》らないし、予定《よてい》はまったく聞《き》いていないっていうんだ。」

「おじいさんの部屋《へや》には入《はい》れたんですか？」

「うん。でも、入《い》り口《ぐち》に近《ちか》い部屋《へや》だけで、奥《おく》の部屋《へや》には入《はい》れなかった。マツモトさんが目《め》の前《まえ》に立《た》ってじゃまするんだ。それに、もうちょっと何《なに》か聞《き》きたいと思《おも》ったんだけど、マツモトさんはすごい顔《かお》をして、ぼくに出《で》ていくようにっていう。なんだか、ちがう人《ひと》になったみたいな感《かん》じなんだ。」

「そうですか……。」

チェンさんはうなずき、それからしばらく目《め》をとじて何《なに》かを考《かんが》えているようすだった。

マリモもケイタもだまってリュウを見守《みまも》る。口《くち》を出《だ》すことも、身動《みうご》きすることもできないような、重苦《おもくる》しい空気《くうき》が流《なが》れる。

「どうしてなんだろう……。」

と、リュウが泣《な》きだしそうな声《こえ》でつぶやいた。

「どうしてマツモトさんはそんなことをするんだろう。」

「いいですか、リュウ。」

と、チェンさんが肩《かた》をだく手《て》に力《ちから》をこめながらいう。

「おじいさんはとてもお金持《かねも》ちで、この家《いえ》とか会社《かいしゃ》とか、財産《ざいさん》いっぱい持《も》ってます。そして、世《よ》の中《なか》には、人《ひと》のお金《かね》や財産《ざいさん》をうばっても、自分《じぶん》のものにしたいと思《おも》う人《ひと》がいるんです。ふだんはそんなこと思《おも》わなくても、ちょっとしたはずみで道《みち》をまちがえてしまうことがあるんです。わかりますか？」

「じゃあ、マツモトさんは道《みち》をまちがえたってこと？」

「そうかもしれませんね。でも、まだ大丈夫《だいじょうぶ》。おじいさんを無事《ぶじ》に助《たす》けだせば、まちがった道《みち》、なおせます。」

「だったら、急《いそ》ごうよ。」

「そうですね。でも、あわてるとだめです。それに、助《たす》けてくれる人《ひと》、必要《ひつよう》です。」

「チェンさんとオレたちだけじゃだめかなあ。」

と、ケイタが横《よこ》から口《くち》を出《だ》す。

「オレ、けんかは強《つよ》い方《ほう》なんだけど。」

得意《とくい》そうに胸《むね》をはるケイタを見《み》て、チェンさんは思《おも》わずふきだしそうになる。

「バカねえ。」

と、マリモがケイタをたしなめる。

「相手《あいて》は大人《おとな》よ。それに、マツモトさんのほかにも悪《わる》い人《ひと》たちがいるかもしれないじゃない。かなうわけないわよ。」

「そうか。じゃあ、やっぱり警察《けいさつ》かな。」

「いや、それはむずかしいでしょう。」

チェンさんが首《くび》をかしげながらいう。

「マツモトさんが悪《わる》いことした証拠《しょうこ》、まだありません。リュウやマリモさんの話《はなし》だけでは、警察《けいさつ》も動《うご》けないでしょう。」

「じゃあ、どうすればいいのさ。」

リュウが怒《おこ》ったような口調《くちょう》でいう。

「わたしにちょっと考《かんが》えあります。」

チェンさんがリュウをなだめるようにいう。

「今《いま》から急《いそ》いで出《で》かけて、一時間《じかん》ぐらいでもどってきます。その間《あいだ》、マリモさんやケイタくんといっしょに待《ま》てますか？」

「うん」と、リュウはしぶしぶうなずく。

「動《うご》くの、だめですよ。それに、家《いえ》の中《なか》は危《あぶ》ないから、ここにいてください。いいですか？」

「わかった。」

「あっ、それから、おじいさんと最後《さいご》に会《あ》ったの、いつですか？」

「おととい……いや、その前《まえ》の日《ひ》だから、四日前《かまえ》。いきなりぼくの部《へ》屋《や》に入《はい》ってきて、孫悟空《そんごくう》の人形《にんぎょう》をくれたんだ。」

「孫悟空《そんごくう》の人形《にんぎょう》？」

「うん。昔《むかし》、お父《とう》さんが大切《たいせつ》にしていたものだって。」

「そうですか。わかりました。とにかく、ここから動《うご》かないで。いいですね？」

くりかえし念《ねん》をおすと、チェンさんはマリモとケイタに「リュウをよろしく」とたのみ、それから急《いそ》ぎ足《あし》でどこかへ出《で》かけていった。

8 ひみつの部屋《へや》のさけび声《ごえ》

チェンさんの姿《すがた》が見《み》えなくなると、マリモは急《きゅう》に心細《こころぼそ》い気持《きも》ちになった。海《うみ》のまん中《なか》の小《ちい》さな島《しま》に、子《こ》ども三人《にん》だけでとりのこされてしまったような感《かん》じがする。

「チェンさんは何《なに》を考《かんが》えているのかなあ。」

と、ケイタも少《すこ》し元気《げんき》のない声《こえ》でいう。

「ブルース・リーみたいな人《ひと》をつれてきてくれるといいんだけど。」

「そうだね。」

と、リュウが力《ちから》なくうなずく。

そのようすを見《み》て、マリモはちょっと心配《しんぱい》になった。さっきからずっと、リュウはひざをかかえてすわりこんだまま動《うご》かない。顔色《かおいろ》も青《あお》ざめ、ひどく具合《ぐあい》が悪《わる》いように見《み》える。

「リュウくん、大丈夫《だいじょうぶ》？」

「うん、ありがとう。」

「どこか体《からだ》の具合《ぐあい》が悪《わる》いんじゃないの？」

「いや、そんなことないよ。」

と、リュウはつくり笑《わら》いを見《み》せる。

「ただ、おじいさんのことが気《き》になってね。どこにいるのかなあ……。」

「すぐわかるわよ。」

「そうかなあ。」

「そうよ。だって、マツモトさんは魔法使《まほうつか》いじゃないんだから、いくら悪知恵《わるぢえ》をはたらかせても、おじいさんを煙《けむり》みたいに消《け》しちゃうことなんてできないわよ。」

話《はな》しながら、マリモはふと、マツモトさんが目《め》の前《まえ》にあらわれたときのことを思《おも》いだした。

階段《かいだん》をのぼり、三階《がい》の廊下《ろうか》を歩《ある》きはじめ、右側《みぎがわ》にならぶ部屋《へや》の二番《ばん》目《め》のドアだった。あのときマツモトさんはすごく怒《おこ》りながら出《で》てきたが、いったい何《なに》をしていたのだろう。もしかしたら、おじいさんは、あの部屋《へや》にとじこめられているんじゃないかしら……。

「どうしたの？」

急《きゅう》にだまりこんだマリモのようすに、リュウが不安《ふあん》そうな目《め》を向《む》ける。

「もしかしたら、あたし、おじいさんがとじこめられている部屋《へや》がわかるかもしれない。」

「えっ？　ほんと？」

と、リュウが身《み》を乗《の》りだす。

「だったら、すぐ行《い》ってみようよ。」

ケイタもいきおいこむ。

「三階《がい》の廊下《ろうか》の右側《みぎがわ》で、階段《かいだん》のところから数《かぞ》えて二番目《ばんめ》の部屋《へや》。そこからマツモトさんが出《で》てきたんだけど、そのときものすごくこわい顔《かお》をしていたのね。だから、もしかして……。」

「そうか。その部屋《へや》だよ。」

と、ケイタが決《き》めつけるようにいう。

「マツモトっていうヤツ、きっとその部屋《へや》でおじいさんをひどい目《め》にあわせていたんだぜ。だから、マリモが廊下《ろうか》を通《とお》りかかったとき、バレちゃまずいと思《おも》ってとびだしてきたんだ。」

「そう。あたしもそんな気《き》がするのよ。」

「わかった。」

と、リュウが急《きゅう》に立《た》ちあがった。

「ぼく、その部屋《へや》に行《い》って確《たし》かめてくる。」

「だめよ。」

と、マリモが止《と》めに入《はい》る。

「そんなことをしたら、今度《こんど》こそつかまってひどい目《め》にあわされるわ。それに、ここから動《うご》かないって、チェンさんと約束《やくそく》したじゃない。」

しかし、リュウの表情《ひょうじょう》はけわしかった。マリモのいうことなど聞《き》こうともせず、じっと家《いえ》の方《ほう》をにらみつけている。

「リュウ、ちょっと待《ま》てよ。」

と、ケイタがわざとくだけた調子《ちょうし》でいう。

「こういうときはアタマを使《つか》うもんだぜ。真《ま》っ正面《しょうめん》から行《い》っても勝《か》ち目《め》がないだろう？」

リュウの表情《ひょうじょう》が少《すこ》しゆるんだ。アタマを使《つか》え——などと、ケイタらしくないことをいうのがおかしかったのかもしれない。

「でも、こうしている間《あいだ》にも、おじいさんはいためつけられているかもしれない。じっとしているわけにはいかないんだ。」

「わかるさ。だからオレ、さっきからアタマを使《つか》って考《かんが》えてたんだ。」

「それで？」

「いい考《かんが》えがうかんだんだ。スパイ大作戦《だいさくせん》みたいなやつ。ひみつの通《つう》路《ろ》を使《つか》うのさ。」

「ひみつの通路《つうろ》？」

「こういう大《おお》きな家《いえ》には、天井裏《てんじょううら》とか、壁《かべ》と壁《かべ》の間《あいだ》に、人《ひと》が通《とお》りぬけられる通路《つうろ》みたいなのがあるんだ。そこからしのびこめば、だれにも気《き》づかれずに家《いえ》の中《なか》をさぐることができる。ウソじゃない。マリモにはしかられるかもしれないけど、オレ、ほかの家《いえ》やビルで、これまでにも何回《なんかい》かやったことがあるんだ。」

こまったやつ……と、マリモは思《おも》った。

でも、今回《こんかい》の場合《ばあい》にかぎっていえば、ケイタのやり方《かた》がうまくいくかもしれない。もちろん、いちばん正《ただ》しいのは、チェンさんとの約束《やくそく》を守《まも》って動《うご》かずにいることだが、リュウのようすを見《み》ていると、止《と》めることなどできそうにない。きっとおじいさんのことが心配《しんぱい》でたまらないのだろう……。

「そうか。そういう方法《ほうほう》があったのか。」

と、リュウはケイタの話《はなし》に興味《きょうみ》をしめした。

「で、どうすればいいんだろう。」

「この前《まえ》きたときにチェックしておいたんだけど、リュウの部屋《へや》の天《てん》井《じょう》に通路《つうろ》への出入《でい》り口《ぐち》がある。あそこからしのびこめばいいんだ。」

「どうやって？」

「簡単《かんたん》さ。フタをずらしてもぐりこむんだ。オレが教《おし》えてあげるよ。」

「ありがとう。」

「リュウの部屋《へや》は二階《かい》だから、三階《がい》にあがるのにちょっと苦労《くろう》するけど、大丈夫《だいじょうぶ》、オレがちゃんと道案内《みちあんない》してやるからさ。」

「えっ？　ケイタくんもいっしょにきてくれるの？」

「あたりまえだろう。友《とも》だちっていうのは、こういうときのためにいるんだぜ。」

ケイタはリュウの肩《かた》に手《て》を置《お》き、映画《えいが》の中《なか》のヒーローみたいに気《き》どったポーズを見《み》せた。そして、今度《こんど》はマリモの方《ほう》に向《む》きなおり、「マリモはどうする？」と、えらそうにいう。

「ちょっと待《ま》ってよ。」

マリモはケイタをにらみつけた。

「そんなこと、ふたりだけで勝手《かって》に決《き》めるのおかしいわよ。それに、リュウくんに聞《き》きたいんだけど、チェンさんとの約束《やくそく》を守《まも》らなくていいの？　あたしがなんていっても、行《い》くつもりなの？」

マリモのいきおいにおされ、リュウはこまったような表情《ひょうじょう》を見《み》せた。

しかし、決心《けっしん》はかたいらしく、やめるとはいわない。そして、しばらく考《かんが》えてから、思《おも》いがけないことをいいだした。

「お父《とう》さんが飛行機事故《ひこうきじこ》にあったとき、ぼく、家《いえ》で待《ま》つようにいわれたんだ。かならず無事《ぶじ》につれて帰《かえ》るから、おとなしく待《ま》ってなさいってね。だからぼく、一晩中《ひとばんじゅう》じっと動《うご》かずに待《ま》っていた。ものすごく心《しん》配《ぱい》でつらかったけど、がまんして待《ま》ちつづけたんだ。

でも、お父《とう》さんは帰《かえ》ってこなかった。あのときのこと、今《いま》でもしょっちゅう思《おも》いだすよ。あんなこと、もう二度《ど》と味《あじ》わいたくないんだ。待《ま》つのはいやなんだよ。」

そうだったんだ……と、マリモはショックを受《う》け、胸《むね》がいたくなるような思《おも》いがした。さっきリュウがひざをかかえて青《あお》ざめていたのも、そのときのことを思《おも》いだしていたからだろう。

「わかったわ。」

と、マリモはきっぱりいいきった。

「もうやめろなんていわないから。そのかわり、あたしもいっしょに行《い》く。それでいいでしょう？」

「そんな……。ぼくのことで、マリモさんまで危《あぶ》ない目《め》にあわせるなんて……。」

「しょうがないでしょう。あたしたち友《とも》だちなんだから。」

「ありがとう。」

「よし、決《き》まりだな。」

と、ケイタがうれしそうにいう。

「だったら急《いそ》ごうぜ。時間《じかん》がもったいない。」

三人《にん》はかけ足《あし》で家《いえ》に向《む》かい、途中《とちゅう》、ビデオルームによって懐中電灯《かいちゅうでんとう》をとってからリュウの部屋《へや》に入《はい》った。

「あそこだよ。」

と、ケイタが天井《てんじょう》のかたすみを指《ゆび》さす。

「四角《しかく》いフレームみたいなのがあるだろう。あれがとりはずせるようになってるんだ。」

「でも、あんな高《たか》いところ、手《て》がとどかないわよ。」

マリモが不満《ふまん》そうにいう。

「足場《あしば》をつくるのさ。」

「足場《あしば》？」

「まず、その勉強机《べんきょうづくえ》をあの下《した》まで持《も》っていく。それから、机《つくえ》の上《うえ》にイスを乗《の》せる。そうすれば、マリモでもとどくようになるだろう？」

「ふうん。」

「さ、早《はや》く運《はこ》ぼう。」

ケイタのいうとおり、机《つくえ》とイスで足場《あしば》をつくると、〈ひみつの通路《つうろ》〉にもぐりこむのは簡単《かんたん》だった。

四角《しかく》いフレームは、手《て》でちょっとおしただけですぐひらき、その出《で》入《い》り口《ぐち》から、まずケイタが身軽《みがる》な動作《どうさ》でもぐりこむ。そして、リュウとマリモは、ケイタに引《ひ》っぱりあげられるような感《かん》じで通路《つうろ》に入《はい》った。

「なっ？　オレって、けっこうできるだろう？」

と、ケイタが得意《とくい》そうな顔《かお》をする。

「バカみたい。」

マリモがすぐにいいかえす。

「大人《おとな》になったら、どろぼうにでもなるつもりなの？」

「マリモはいつもきびしいなあ。」

と、ケイタは苦笑《にがわら》いする。

「さあ、行《い》こうぜ。」

通路《つうろ》はとてもせまく、かがんで歩《ある》くか、はっていくしかなかった。

おまけに、暗《くら》くてほこりっぽく、息《いき》がつまりそうな感《かん》じがする。

何《なに》が楽《たの》しくてこんなところにもぐりこんだりするんだろう……と、マリモはケイタの神経《しんけい》を疑《うたが》いたくなった。もしかしたら、ネズミの生《う》まれかわりだったりするんじゃないかしら……。

もっとも、こういうところには慣《な》れていると自慢《じまん》するだけあって、ケイタの道案内《みちあんない》は要領《ようりょう》よく、じょうずだった。三階《がい》への上《のぼ》り口《ぐち》もすぐに見《み》つかり、わずか十分《ぷん》ほどで問題《もんだい》の部屋《へや》の天井裏《てんじょうら》にしのびこむことができた。

「この部屋《へや》にも出入《でい》り口《ぐち》があるはずなんだけどなあ。」

と、ケイタが懐中電灯《かいちゅうでんとう》を照《て》らしながらさがしまわる。

その間《あいだ》、リュウとマリモは息《いき》をひそめ、何《なに》か物音《ものおと》が聞《き》こえないかと耳《みみ》をすましていた。

「あった、これだな。」

ケイタの声《こえ》を聞《き》き、リュウとマリモも近《ちか》づいていく。

「ちょっとあけて、のぞいてみようか。」

と、ケイタが静《しず》かにフレームを動《うご》かす。

すき間《ま》から天井裏《てんじょううら》に光《ひかり》が流《なが》れこみ、三人《にん》の顔《かお》を照《て》らしだす。いつどこでそうなったのか、三人《にん》とも顔《かお》のあちこちによごれがつき、わんぱくないたずら小僧《こぞう》みたいな姿《すがた》になっていた。

問題《もんだい》の部屋《へや》にはだれもいなかった。どっしりとした机《つくえ》とイス、そして壁《かべ》ぎわにつくりつけの本棚《ほんだな》があるだけで、人《ひと》の気配《けはい》はまったくなく、部屋《へや》が使《つか》われているようすもなかった。

「ここじゃなかったのか……。」

と、リュウががっかりしてつぶやく。

「でも、三階《がい》のどこかにいるはずよ。」

と、マリモがはげます。

「全部《ぜんぶ》の部屋《へや》をのぞいてみましょうよ。」

リュウはうなずき、気《き》をとりなおそうとするように深呼吸《しんこきゅう》した。

そのとき、フレームをもとにもどそうとしていたケイタが、動《うご》きを止《と》め、首《くび》をかしげながらあたりを見《み》まわした。

「おかしいな。」

「えっ？　どうしたの？」

「この部屋《へや》、そこのところに壁《かべ》があるだろう。でも、天井裏《てんじょううら》はその向《む》こうまでずっと広《ひろ》がってる。まるでその壁《かべ》の向《む》こうにべつの部屋《へや》があるみたいじゃないか。」

「そういわれてみれば、そうね。どういうことかしら。」

「わかった。かくれ部屋《べや》だ。」

と、それまでだまって話《はなし》を聞《き》いていたリュウが、とつぜん思《おも》いついたようにいった。

「きっとあの本棚《ほんだな》が入《い》り口《ぐち》になってるんだ。昔《むかし》、お父《とう》さんから聞《き》いたことがある。この家《いえ》にはひみつの部屋《へや》があるんだって。」

「そうか。それだ。」

と、ケイタも大《おお》きくうなずく。

「おじいさんは、そこにとじこめられているんだ。」

三人《にん》は顔《かお》を見《み》あわせ、かくれ部屋《べや》がある方《ほう》へと移動《いどう》した。そして、リュウが天井裏《てんじょううら》に耳《みみ》をおしつけて部屋《へや》のようすをうかがおうとしたとき、不意《ふい》にするどい悲鳴《ひめい》が聞《き》こえ、それにつづいてマツモトさんの低《ひく》くひびく声《こえ》がつたわってきた。

——いいですか会長《かいちょう》、そんなに強情《ごうじょう》をはってると、もっといたい目《め》にあいますよ。そろそろあきらめて、わたしのいうことを聞《き》いたらどうなんですか？

マリモもケイタも思《おも》わず息《いき》をのみ、リュウをまねて天井裏《てんじょううら》に耳《みみ》をおしつけた。木《き》の床《ゆか》を鳴《な》らす落《お》ちつきのない靴音《くつおと》、だれかの苦《くる》しげなうめき声《ごえ》など、部屋《へや》の物音《ものおと》がはっきり聞《き》こえてくる。

――これしきのことで、わしがへこたれると思《おも》っておるのか。よく聞《き》けよマツモト、わしは金《かね》も財産《ざいさん》もおしくない。だが、おまえごとき者《もの》のいいなりになるほど老《お》いぼれてはおらん。まちがえるな……。

「おじいさんだ。」

と、リュウがたまりかねたような声《こえ》でいう。

「あいつ、おじいさんをどうするつもりなんだ。」

靴音《くつおと》が止《と》まり、ふたたびマツモトさんの声《こえ》が聞《き》こえてくる。

――会長《かいちょう》、ものわかりが悪《わる》くなりましたね。いささかボケられたんじゃありませんか？　しかたがありませんね。じゃあ、今度《こんど》はこちらの指《ゆび》をこうやって……さあ、いきますよ！

何《なに》かをおしつぶすような無気味《ぶきみ》でにぶい物音《ものおと》がして、その直後《ちょくご》、おじいさんの苦《くる》しそうな悲鳴《ひめい》が聞《き》こえてきた。

——まだですよ会長《かいちょう》、これからが本番《ほんばん》でしてね、もっともっと苦《くる》しんでいただかないと……いいですか、ほらほらほら……。

おじいさんの悲鳴《ひめい》がしだいにするどく大《おお》きくなる。

たまらずにマリモが耳《みみ》をふさごうとしたとき、とつぜん、リュウが両手《りょうて》で力《ちから》まかせに天井裏《てんじょううら》をたたき、大声《おおごえ》でさけびだした。

「やめろ！　やめろ！　やめろ！……」

9 マリモ危機一髪《ききいっぱつ》

「だれだ！　そこにいるやつ、だれなんだ！　おりてこい！」

マツモトの怒鳴《どな》り声《ごえ》が聞《き》こえてくる。

「ヤバイぜ。」

と、ケイタがリュウの動《うご》きを止《と》める。

あたりが急《きゅう》に静《しず》かになった。

マツモトの声《こえ》もやみ、おじいさんの悲鳴《ひめい》も聞《き》こえなくなる。

「マツモトさん、部屋《へや》から出《で》ていったみたい。」

マリモが小《ちい》さな声《こえ》でいう。

「ここにやってくる気《き》じゃないかしら。」

「ごめん。」

と、リュウがあやまる。

「ぼく、がまんできなかったんだ。」

「気《き》にするなよ、リュウ。」

ケイタがなぐさめる。

「おまえがやらなかったら、オレがやってたさ。いい根性《こんじょう》してるじゃないか。」

「でも、あいつにつかまるかもしれない。早《はや》くにげないと……。」

「あわてるなよ。オレたち、何《なに》も悪《わる》いことしてないんだぜ。にげなくちゃならないのはあいつの方《ほう》さ。」

「しかし……。」

「いいかリュウ、おまえはマリモといっしょに警察《けいさつ》へ行《い》け。あいつのやってることがはっきりしたんだから、警察《けいさつ》だって動《うご》いてくれるさ。」

「わかった。で、ケイタくんは？」

「オレはここに残《のこ》る。あいつがまた、おじいさんにひどいことしようとしたら、うんとさわいでじゃましてやるんだ。」

「そんなの、危《あぶ》ないわよ。つかまったらどうするの？」

と、マリモが心配《しんぱい》そうにいう。

「オレ、天井裏《てんじょううら》のチャンピオンだぜ。あんなやつと追《お》いかけっこしても負《ま》けるもんか。」

ケイタは懐中電灯《かいちゅうでんとう》で自分《じぶん》を照《て》らし、格闘技《かくとうぎ》のファイターみたいなポーズをとって不敵《ふてき》な笑《わら》いを見《み》せた。

そうかもしれないな……と、マリモもなっとくする。算数《さんすう》の授業《じゅぎょう》やテストのときとはちがい、こういうときのケイタは、生《い》き生《い》きしてたのもしく見《み》える。

「さあ、急《いそ》げよ。」

と、ケイタがふたりをせきたてる。

「さっきのところまで、オレが道案内《みちあんない》しないでも行《い》けるだろう？」

「うん」と、リュウがうなずく。

「これ、持《も》っていけよ。」

ケイタが懐中電灯《かいちゅうでんとう》をリュウに手《て》わたす。

「えっ？　ケイタくんは大丈夫《だいじょうぶ》なの？」

「オレ、これぐらいの暗闇《くらやみ》だったら平気《へいき》なんだ。」

「天井裏《てんじょううら》のチャンピオンだから？」

「そういうこと。」

「じゃあ」と、リュウが懐中電灯《かいちゅうでんとう》を手《て》に持《も》ち、動《うご》きだす。

「ケイタ、調子《ちょうし》にのってケガしないでよ。」

そういのこして、マリモもあとにつづく。

「たのんだぜ。」

と、ケイタが手《て》をふる。気《き》のせいか、その声《こえ》はちょっぴりさびしそうに聞《き》こえた。

帰《かえ》り道《みち》は、きたときよりもずっと早《はや》くて簡単《かんたん》だった。暗《くら》くてせまい通路《つうろ》での動《うご》きに慣《な》れたのかもしれない。

この調子《ちょうし》だったら、マツモトに追《お》いかけられても、にげきることができる。天井裏《てんじょううら》の女子《じょし》チャンピオンになれるかもしれないな……と思《おも》って、マリモはなんだかおかしくなった。

出入《でい》り口《ぐち》についたとき、ふたりはそっと部屋《へや》のようすをうかがい、それからリュウがひとりだけ先《さき》におりていった。しばらくして、リュウが合図《あいず》するのを待《ま》って、マリモも天井裏《てんじょううら》からおりる。

「さあ、これからが勝負《しょうぶ》だね。」

と、リュウが真剣《しんけん》なまなざしを見《み》せる。

「部屋《へや》を出《で》たら、ぼくが先《さき》に行《い》くから、マリモさんはうんとはなれてついてきてほしいんだ。いい？」

「もしリュウくんがつかまったら、あたしひとりだけにげだして警察《けいさつ》に行《い》くってことよね。」

「そう。あいつ、まさかマリモさんまで天井裏《てんじょううら》にいたとは思《おも》わないだろう。ぼくをつかまえれば油断《ゆだん》すると思《おも》うんだ。」

「わかったわ。でも、わざとつかまったりしないでね。」

「もちろんさ。」

「それから、マツモトだけじゃなく、ヒナコさんにも注意《ちゅうい》してね。」

「そうか。それもありだよな。」

「チェンさんはどうしたかしら。」

「さあ……。でも、いざっていうときにはかならず助《たす》けてくれる。そういう人《ひと》なんだ。」

「じゃあ。」

「うん。つかまりそうになったら、大声出《おおごえだ》すからね。」

最後《さいご》に軽《かる》く手《て》をふると、リュウはドアをあけ、廊下《ろうか》のようすをうかがいながら出《で》ていった。

しばらくして、なんの物音《ものおと》もしないのを確《たし》かめてから、マリモもドアをあけ、廊下《ろうか》のようすをうかがう。

だれもいない。

リュウはもう廊下《ろうか》の角《かど》を曲《ま》がって階段《かいだん》の方《ほう》に向《む》かったのだろう。

さあ、しっかりするのよ……と、自分《じぶん》にいいきかせ、マリモは部屋《へや》をあとにした。

用心深《ようじんぶか》く足音《あしおと》をしのばせながら廊下《ろうか》の角《かど》まで行《い》く。

壁《かべ》に身《み》をよせて立《た》ちどまり、耳《みみ》をすますが、リュウの足音《あしおと》も声《こえ》も聞《き》こえない。家《いえ》の中《なか》はしんと静《しず》まりかえり、人《ひと》の気配《けはい》もない。

「ふうっ」と、思《おも》わず小《ちい》さなため息《いき》をついてしまう。

気《き》をとりなおし、廊下《ろうか》の角《かど》から階段《かいだん》の方《ほう》のようすをうかがう。

リュウの姿《すがた》は見《み》えない。

たぶん、無事《ぶじ》に階段《かいだん》をおりていったのだろう。

一階《かい》までたどりつけば、あとは玄関《げんかん》までひと息《いき》だ。

よかった……と、胸《むね》をなでおろし、マリモも階段《かいだん》に向《む》かって歩《ある》きだす。そして、おどり場《ば》にさしかかったとき、いきなり、「ワオー！」という大声《おおごえ》が一階《かい》の方《ほう》から聞《き》こえてきた。

リュウの声《こえ》だった。

瞬間《しゅんかん》、マリモはパニックになり、声《こえ》のする方《ほう》にかけだしそうになったが、階段《かいだん》の手前《てまえ》でふみとどまり、廊下《ろうか》をあともどりしてトイレににげこんだ。

心臓《しんぞう》が爆発《ばくはつ》しそうにドキドキしていた。息《いき》もあらく、体《からだ》が小《こ》きざみにふるえて止《と》まらない。

洗面台《せんめんだい》にもたれかかり、息《いき》をととのえようと深呼吸《しんこきゅう》する。

落《お》ちつくのよマリモ、落《お》ちつくのよ……と、自分《じぶん》にいいきかせる。

ふと顔《かお》をあげ、目《め》の前《まえ》の鏡《かがみ》を見《み》ると、顔中《かおじゅう》まっ黒《くろ》によごれた女《おんな》の子《こ》が、びっくりしたように目《め》を見《み》ひらいてこちらをにらんでいる。

「何《なに》よ、これ……やだあ、あたしなの？」

思《おも》わずつぶやき、笑《わら》ってしまう。鏡《かがみ》の中《なか》の女《おんな》の子《こ》も笑《わら》う。

これでマリモはようやく落《お》ちつきをとりもどした。

とりあえず顔《かお》を洗《あら》い、よごれを落《お》とす。

それから、〈ひみつのケイタイ〉をとりだし、チェンさんの画像《がぞう》をよびだした。チェンさんが今《いま》どこで何《なに》をしようとしているのか、心《こころ》の声《こえ》を聞《き》いて確《たし》かめたかったのだ。もし家《いえ》にもどってきていたら、警察《けいさつ》よりもチェンさんに助《たす》けを求《もと》める方《ほう》が早《はや》い。

「♯と、5、5、6。」

ハートコールのボタンをおすと、チェンさんの画像《がぞう》は白《しろ》い光《ひかり》につつまれ、さっきとった横顔《よこがお》に後光《ごこう》がさしているような感《かん》じになった。

通話口《つうわぐち》からチェンさんの声《こえ》が聞《き》こえてくる。

マリモはあわてて通話口《つうわぐち》を耳《みみ》にあて、チェンさんの心《こころ》の声《こえ》を聞《き》きとろうとした。が、何《なに》をいっているのかわからない。最初《さいしょ》は早口《はやくち》だからわからないのかと思《おも》ったが、しばらく聞《き》いているうちに、とんでもないことに気《き》がついた。チェンさんの心《こころ》の声《こえ》は中国語《ちゅうごくご》だったのだ。

「パパってだめねえ。ちゃんと通訳機能《つうやくきのう》ぐらいつけておいてくればいいのに。」

と、ついやつあたりしてしまう。

マリモはあきらめ、次《つぎ》にリュウの画像《がぞう》をよびだした。マツモトさんにつかまってからどうなったのか、心配《しんぱい》でならなかったのだ。

急《いそ》いでハートコールのボタンをおし、通話口《つうわぐち》を耳《みみ》にあてる。

短《みじか》い発信音《はっしんおん》がして、リュウの心《こころ》の声《こえ》が聞《き》こえてくる。

――くやしいなあ……けど、こんなやつに負《ま》けてたまるか……マリモさん、ごめん。ぼく、もっと用心《ようじん》すればよかったんだ……ああ、マリモさんが早《はや》く警察《けいさつ》についてくれるといいんだけどなあ……いたっ……チクショウ、このぐらいのことじゃ……マリモさん、たのむ、早《はや》く……。

リュウの声《こえ》を聞《き》くうちに、心臓《しんぞう》の鼓動《こどう》がふたたび早《はや》くなった。

「こんなところでのんびりしている場合《ばあい》じゃないわ。急《いそ》がないと大変《たいへん》なことになってしまう……。」

マリモはケイタイをしまい、にげだす態勢《たいせい》をととのえた。

耳《みみ》をすまし、なんの物音《ものおと》もしないのを確《たし》かめてから、トイレのドアをあけ、廊下《ろうか》のようすをうかがう。

大丈夫《だいじょうぶ》、だれもいない。

トイレから出《で》ると、マリモは急《いそ》ぎ足《あし》で廊下《ろうか》を通《とお》りぬけた。そして、階段《かいだん》に向《む》かう角《かど》を曲《ま》がろうとしたとき、とつぜん、後《うし》ろから強《つよ》い力《ちから》で肩《かた》をつかまれた。

おどろいてふりむくと、ヒナコさんが立《た》っている。

「どこへ行《い》くつもり？」

と、ヒナコさんはけわしい目《め》つきでマリモをにらみつける。

「そろそろ帰《かえ》ろうかと思《おも》って……。」

「あら、そう。じゃあ、その前《まえ》にちょっと手伝《てつだ》っていただこうかしら。」

「手伝《てつだ》うって、何《なに》をですか？」

「おそうじよ。最近《さいきん》、この家《いえ》、ネズミが多《おお》くてねえ。天井裏《てんじょううら》でさわぎまわってうるさいのよ。だから。」

「ごめんなさい。今日《きょう》はもう帰《かえ》らないと……。」

と、マリモはヒナコさんの手《て》をふりはらってにげようとする。

「そうはいかないわよ。」

ヒナコはいきなりマリモの腕《うで》をつかみ、むりやりどこかにつれていこうとする。

「キャー！　いやよ！　助《たす》けてぇ！」

マリモは大声《おおごえ》をあげ、ヒナコの腰《こし》のあたりをねらってひざ蹴《げ》りを入《い》れた。が、ヒナコは鉄《てつ》の女《おんな》みたいにタフでびくともしない。

あきらめずに二度《ど》、三度《ど》とひざ蹴《げ》りをくりかえすと、ヒナコはマリモのほおにビンタをくわえ、それから白《しろ》いハンカチのようなものをとりだしてマリモの口《くち》のあたりにおしあてた。

「うるさい子《こ》ネズミだねえ。」

ヒナコがせせら笑《わら》い、あまくさすようなにおいが鼻《はな》をつつむ。そして次《つぎ》の瞬間《しゅんかん》、マリモは意識《いしき》を失《うしな》ってその場《ば》にくずれおちた。

10　おじいさんの告白《こくはく》

遠《とお》いところでだれかの声《こえ》がする。

聞《き》き覚《おぼ》えのある声《こえ》だが、だれなのか思《おも》いだせない。

きっと、あたしが水《みず》の中《なか》にかくれているからだわ……と、ぼんやりした意識《いしき》の中《なか》で考《かんが》える。もうちょっとしたら水面《すいめん》にうきあがり、だれの声《こえ》なのか確《たし》かめることができるはずだ。

そろそろ息《いき》が苦《くる》しくなってきた。早《はや》く水《みず》の中《なか》から出《で》ないと窒息《ちっそく》して

しまうかもしれない。

でも、手足《てあし》が重《おも》く、思《おも》うように動《うご》かすことができない。

なぜかしら……と思《おも》ってよく見《み》ると、腕《うで》と足《あし》にロープがからみついている。

なんとかしてふりほどこうとするが、水《みず》が重《おも》くて身動《みうご》きできない。

いけない！　このままじゃおぼれてしまう――。

思《おも》わず声《こえ》をあげ、助《たす》けをよぼうとするが、のども口《くち》も水《みず》にふさがれ、声《こえ》が出《で》ない。苦《くる》しい。こんなところでおぼれるなんてイヤよ。イヤ、イヤ、イヤ、だれか、助《たす》けて！……

「マリモさん、しっかりして、マリモさん。」

耳《みみ》もとでリュウの声《こえ》がして、マリモは意識《いしき》をとりもどした。

目《め》をあけると、心配《しんぱい》そうにのぞきこむリュウの顔《かお》が見《み》える。まるでどろをぬりつけたみたいに顔中《かおじゅう》まっ黒《くろ》によごれ、ほおや目《め》のあたりには、涙《なみだ》をふいたようなあとがついている。

「気《き》がついた？」と、リュウが声《こえ》をかけてくる。

マリモはうなずき、起《お》きあがろうとした。が、手足《てあし》の自由《じゆう》がきかず、床《ゆか》に横《よこ》になったきゅうくつな姿勢《しせい》のまま身動《みうご》きできない。さっきまでの悪夢《あくむ》のつづきを見《み》ているような感《かん》じだった。

どうしたのかしら……とつぶやきかけて、マリモは自分《じぶん》の手足《てあし》がしばられていることに気《き》づいた。ふと見《み》ると、リュウも同《おな》じように手足《てあし》をしばられ、壁《かべ》にもたれかかりながらすわっている。そうだ、あたしたちふたりともつかまってしまったんだ……。

「ごめんね、リュウくん。」

と、マリモはあやまり、それからイモムシみたいに体《からだ》をくねらせながら起《お》きあがった。

「もっと用心《ようじん》すればよかったんだけど……。」

「いや、あやまりたいのはぼくの方《ほう》さ。」

と、リュウがすまなそうな顔《かお》をする。

「ドジだったし、マリモさんまでこんな目《め》にあわせて。」

「いいのよ。それよりも、ここって、問題《もんだい》の部屋《へや》でしょう？　おじいさんは？」

「さっきトイレに出《で》ていった。もうじきもどると思《おも》うけど。」

「そう……。で、ケイタは？」

「まだいると思《おも》う。ひみつ兵器《へいき》だからね。やつらに気《き》づかれないように声《こえ》をかけないいんだ。」

「ふうん。」

マリモは天井《てんじょう》を見《み》あげ、それから思《おも》いきってよびかけてみた。

「チャンピオン、たのむわよ。」

すぐに天井《てんじょう》をたたくコツコツという音《おと》が聞《き》こえてくる。

「よかった。」

マリモはリュウと顔《かお》を見《み》あわせ、うなずきあった。

その直後《ちょくご》、重《おも》いとびらがひらく音《おと》がして、後《うし》ろ手《で》にしばられたリュウのおじいさんが部屋《へや》にもどってきた。ケガでもしているのか、ふらつく足《あし》どりで、今《いま》にもたおれそうな歩《ある》き方《かた》をする。

「しっかりしてくださいよ。」

と、しばりあげたロープのはしを持《も》ちながら、マツモトが意地悪《いじわる》く追《お》いたてる。少《すこ》しおくれてヒナコが入《はい》ってくる。

おじいさんは、木《き》のイスにすわらされ、ふたりがかりできつくしばりつけられた。

「マリモさん、だったね。」

と、おじいさんが話《はな》しかけてくる。

「気《き》がついてよかった。大丈夫《だいじょうぶ》ですか？」

「はい。こんなかっこうじゃなければ、もっと大丈夫《だいじょうぶ》なんですけど。」

「そりゃあそうだ。」

と、おじいさんは笑《わら》う。

「リュウが仲良《なかよ》くしてもらってありがとう。わしの方《ほう》も、こんなかっこうじゃなければ、もっとちゃんとお礼《れい》をしたいところなんだが……。」

銅像《どうぞう》よりもずっとやさしそうだわ……と、マリモは思《おも》った。かたい木《き》のイスにしばりつけられ、すごくいたかったり苦《くる》しかったりするはずなのに、笑顔《えがお》を見《み》せ、気《き》をつかってくれる。変《か》わり者《もの》のがんこな王《おう》様《さま》なんかじゃなく、本当《ほんとう》はいいおじいさんじゃないのかしら……。

「さて、会長《かいちょう》、あいさつはそのぐらいにして、そろそろ本題《ほんだい》にもどりましょう。」

マツモトが短《みじか》いツエのようなものを持《も》ち、おじいさんの前《まえ》に立《た》ちはだかった。

「ちょっと待《ま》て。」

と、おじいさんが強《つよ》い口調《くちょう》でいう。

「これは、わしとおまえの問題《もんだい》だ。子《こ》どもたちは関係《かんけい》ないだろう。まきぞえにするのはやめたらどうなんだ。」

マツモトはマリモたちの方《ほう》をふりむき、うす笑《わら》いをうかべる。

「この子《こ》たちはかってに飛《と》びこんできたんです。今《いま》さら追《お》いかえすわけにもいかないでしょう。それに、リュウはあなたのお孫《まご》さんだ。まんざら関係《かんけい》がないわけじゃない。」

「しかし……。」

と、おじいさんがいいかけた瞬間《しゅんかん》、マツモトは手《て》に持《も》ったツエで、木《き》のイスの背《せ》もたれをはげしくたたいた。ビシッというすさまじい音《おと》がして、マリモもリュウも思《おも》わず首《くび》をすくめる。

ケイタ、早《はや》く警察《けいさつ》に行《い》って……と、マリモは心《こころ》の中《なか》でさけんだ。今《いま》がチャンスよ。マツモトもヒナコもここにいるんだから、だれにもじゃまされないわ。急《いそ》いで!……

「いいですか、会長《かいちょう》。」

と、マツモトがふたたびおじいさんの前《まえ》に立《た》ちはだかる。

「わたしは会長《かいちょう》の全財産《ぜんざいさん》をいただこうとしているわけじゃない。以前《いぜん》のお約束《やくそく》どおり、この土地《とち》と建物《たてもの》をいただきたいと申《もう》しあげているだけなんです。おわかりいただけませんか？」

「そんな約束《やくそく》などした覚《おぼ》えはない。」

と、おじいさんはすごい目《め》でマツモトをにらむ。銅像《どうぞう》よりもコワイ顔《かお》だった。

「そうですか。しかたがありませんね。」

と、マツモトは向《む》きなおり、ゆっくりした足《あし》どりでマリモたちの方《ほう》に近《ちか》づいてきた。

「約束《やくそく》を思《おも》いだしていただくために、この子《こ》たちにちょっといたい思《おも》いをしてもらうことにしましょう。」

「待《ま》て。何《なに》をするつもりだ。」

「おわかりでしょう。さっき会長《かいちょう》が悲鳴《ひめい》をあげられたようなことです。もうおわすれですか？」

「やめろマツモト、おまえは血《ち》まよったのか。」

「そうかもしれませんね。でも、わたしを血《ち》まよわせたのは、会長《かいちょう》、あなたですよ。」

いいおわると、マツモトはリュウをかかえあげ、部屋《へや》の奥《おく》に置《お》いて

ある奇妙《きみょう》なベンチの前《まえ》につれていった。

「リュウくん、教《おし》えておきましょう。」

と、マツモトがうす笑《わら》いをうかべながらいう。

「これは昔《むかし》、悪《わる》い人《ひと》にいたい思《おも》いをさせるために考《かんが》えだされた道具《どうぐ》です。このベルトで……。」

「やめろ！」

と、おじいさんが大声《おおごえ》をあげる。

「子《こ》どもにそんなまねをして許《ゆる》されると思《おも》ってるのか！」

しかし、マツモトはおじいさんの言葉《ことば》など聞《き》こうともせず、リュウをベンチの上《うえ》にねかせ、足《あし》にベルトをかけていく。

「おじいさん、こんなやつのいうことなんか絶対《ぜったい》に聞《き》かないでね。」

と、リュウが必死《ひっし》でさけぶ。

「ぼく、どんな目《め》にあわされても平気《へいき》だから。いたくてもがまんできるから。」

そのとき、天井《てんじょう》をはげしくたたく音《おと》がして、怒《いか》りくるったケイタの大声《おおごえ》が聞《き》こえてきた。

——やめろ！　やめろ！　やめろ！……

マツモトはおどろいたように手《て》を止《と》め、天井《てんじょう》を見《み》あげる。

「バカな！　子《こ》ネズミがもう一匹《ぴき》いたのか。しょうがないな。ヒナコ、早《はや》くつかまえてきて！」

「わかりました。」

と、ヒナコがあわてて部屋《へや》を出《で》ていく。

その後《うし》ろ姿《すがた》を見送《みおく》ると、マツモトはふたたびリュウの足《あし》にベルトをかけはじめた。

「さて、ちょっと雑音《ざつおん》がうるさいようですが、ショーをつづけることにしましょうか。」

「おじいさん。」

と、たまりかねたようにマリモがよびかける。

「家《いえ》とか土地《とち》なんて、どうでもいいからあげちゃいなさいよ。こんな人《ひと》、どうせ地獄《じごく》に落《お》ちてひどい目《め》にあうんだから。それとも、リュウくんよりも家《いえ》や土地《とち》の方《ほう》が大切《たいせつ》なの？」

一瞬《いっしゅん》、おじいさんはマリモを見《み》つめ、それから大《おお》きくうなずいた。

「おお、そうだったな。マリモさんのいうとおりだ。気《き》がつかないわしがバカだった。おい、マツモト、聞《き》いただろう？」

「ようやくおわかりいただけましたか。」

と、マツモトは、わざとらしく長《なが》いため息《いき》をついてみせた。

「では、さっそくですが、印鑑《いんかん》と書類《しょるい》をおわたし願《ねが》いましょうか。どこにございます？」

「リュウの部屋《へや》だ。どこかに孫悟空《そんごくう》の人形《にんぎょう》が置《お》いてあるはずだから、持《も》ってきてほしい。」

「わかりました。」

と、マツモトは急《いそ》ぎ足《あし》で部屋《へや》を出《で》ていく。

バカなやつ……と、マリモは思《おも》った。こんなことをして、無事《ぶじ》にすむと思《おも》ってるのかしら。ケイタもいるしチェンさんもいる。すぐにつかまってしまうわよ……。

「リュウくん、大丈夫《だいじょうぶ》？」と、心配《しんぱい》になって声《こえ》をかける。

「ありがとう。助《たす》かったよ。ケイタくんはどうしたかなあ。」

「そういえば、声《こえ》が聞《き》こえなくなったわね。」

マリモは天井《てんじょう》を見《み》あげ、よびかけてみた。

「ケイタ、どうしてる？　そこにまだいるの？」

しばらく待《ま》っても返事《へんじ》がない。もしかしたら、天井裏《てんじょううら》でヒナコと追《お》いかけっこしているのかもしれない。

「マリモさん。」

と、おじいさんが話《はな》しかけてきた。

「この始末《しまつ》がついたら、あらためてお礼《れい》させてもらいますよ。本当《ほんとう》にありがとう。」

「いいんです、そんなこと。」

と、マリモは首《くび》をふる。

「それよりも、おじいさんに質問《しつもん》があるんですけど、いいですか？」

「なんでしょう。遠慮《えんりょ》なくどうぞ。」

「おじいさんはリュウくんのことがきらいなんですか？」

「えっ？」

と、おじいさんはびっくりしたようにマリモを見《み》る。

「どうしてそんな……。」

「だって、リュウくんが上海《シャンハイ》からやってきたのに、あまり会《あ》おうとしないそうじゃないですか。リュウくん、かわいそうですよ。」

「なるほど……。」

おじいさんは目《め》をふせ、しばらくの間《あいだ》、何《なに》かを考《かんが》えているようすだった。それからあらためてマリモの方《ほう》に目《め》を向《む》けると、ぽつりぽつりと話《はな》しはじめた。

「リュウはわしのたったひとりの孫《まご》だからのう、きらうはずなどない。それどころか、かわいくてしかたがないくらいだよ。ただ、わしが愛《あい》する者《もの》たちは、なぜかみんないなくなってしまう。妻《つま》に先立《さきだ》たれ、息子《むすこ》の隆一郎《りゅういちろう》をなくし、大切《たいせつ》に思《おも》う友人《ゆうじん》たちをことごとく失《うしな》ってきた。たぶんそのせいだろう、わしはリュウを愛《あい》することをおそれた。というか、愛《あい》する者《もの》を失《うしな》うつらさを味《あじ》わいたくなかったんだね。だから、できるかぎり近《ちか》づかないように心《こころ》がけた。わかるだろうか。」

「ふうん。おじいさんて、意外《いがい》に傷《きず》つきやすくて、おくびょうなんだ。」

「そうかもしれんな……。」

「わたしと同《おな》じだね。友《とも》だちになれそう。」

おじいさんは思《おも》わずほほえみ、話《はなし》をつづける。

「それからもうひとつ。息子《むすこ》の隆一郎《りゅういちろう》をなくしたとき、わしはひどくがっかりしてのう、しばらくは仕事《しごと》も何《なに》もする気《き》になれなかった。それで、マツモトに会社《かいしゃ》をまかせるようなことをいったんだ。あいつがしきりに〈お約束《やくそく》〉といっておるのは、そのことかもしれん。

ところが、リュウがやってきて、あいつは自分《じぶん》の立場《たちば》が危《あや》うくなると思《おも》った。わしがリュウにすべてをゆずるのではないかと疑《うたが》いはじめたんだな。あいつがおかしくなったのはそのせいだと思《おも》う。

わしはリュウの身《み》が心配《しんぱい》になった。あいつが何《なに》かとんでもないことをしでかすような気《き》がしたんだ。それで、なるべくリュウに会《あ》わないように見《み》せかけ、あいつがリュウを警戒《けいかい》しないようにした。」

「じゃあ、今度《こんど》のことは予想《よそう》できたわけ？」

「そうだね。だから、もっと用心《ようじん》すべきだったのかもしれない。わしがうかつだった。」

「しょうがないわよ。あたしだってしょっちゅう失敗《しっぱい》するもの。さっき天井裏《てんじょううら》でさわいでたケイタなんか、失敗《しっぱい》のかたまりみたいなやつよ。」

「失敗《しっぱい》のかたまりか。」

と、おじいさんは笑《わら》った。

「わしもいい友《とも》だちになれそうだね。」

やっぱり、本当《ほんとう》はいいおじいさんだったじゃない……と、マリモは思《おも》った。きっとあの銅像《どうぞう》のイメージが悪《わる》いんだわ。あんなもの、どこかにかたづけてしまえばいいのに……。

「リュウくん。」

と、マリモはよびかけた。

「おじいさんの話《はなし》、聞《き》いたでしょう？　よかったね。元気出《げんきだ》すのよ。わかった？」

「うん。マリモさん、おじいさん、ありがとう。」

そのとき、とびらのひらく音《おと》がして、マツモトがもどってきた。孫悟空《そんごくう》のぬいぐるみを、とてもだいじそうにかかえている。

「さあ、会長《かいちょう》、持《も》ってきましたよ。印鑑《いんかん》と書類《しょるい》、こんな人形《にんぎょう》のどこにかくしてあるんですか？」

「あわてるな、マツモト。」

と、おじいさんがきびしい口調《くちょう》でいう。

「いいか、まずその着物《きもの》をぬがせると、背中《せなか》にチャックがある。」

マツモトは乱暴《らんぼう》な手《て》つきで着物《きもの》をはぎとり、背中《せなか》を見《み》る。

「あっ、ありました。」

「そのチャックをあけると綿《わた》がつまっていて、その中《なか》にカードとカギがあるはずだ。」

マツモトはもどかしそうにチャックをあけ、中《なか》につまっていた綿《わた》をつかみだす。そして、カードとカギをとりだし、おじいさんに見《み》せる。

「これですね。」

「そうだ。それがわしの貸金庫《かしきんこ》のカードとカギだ。必要《ひつよう》なものは全部《ぜんぶ》その中《なか》にしまってある。ほしければ、株券《かぶけん》や金《かね》も持《も》っていくがいい。」

「ほほう……。」

と、みょうにかすれた声《こえ》を出《だ》し、マツモトの目《め》つきが変《か》わった。

「会長《かいちょう》も思《おも》いのほかお人好《ひとよ》しですなあ。それとも、ヤキがまわったのかな？」

「どういうことだ。」

「お役《やく》ごめんということですよ。もっとはっきりいえば、この世《よ》から消《き》えていただく。これ以上《いじょう》、生《い》きていられては迷惑《めいわく》ということです。」

おじいさんの顔《かお》つきが変《か》わった。銅像《どうぞう》の数百倍《すうひゃくばい》ぐらいコワイ感《かん》じになり、今《いま》にもロープを引《ひ》きちぎって立《た》ちあがりそうに思《おも》える。

「マツモト、おまえ、このわしを殺《ころ》すつもりか！」

「ええ。ついでに、お孫《まご》さんと、そのかわらしいお友《とも》だちも道《みち》づれにね。いかがです？」

「この大《おお》バカ者《もの》めが！　もう許《ゆる》さんぞ！　覚悟《かくご》しておけ。」

「ほざくのは今《いま》のうちです。もう準備《じゅんび》はととのっていますからね。」

それだけいうと、マツモトはかん高《だか》い笑《わら》い声《ごえ》をあげながら部屋《へや》を出《で》ていった。

11　怒《いか》りの鉄拳《てっけん》

　しばらくして部屋《へや》にもどってきたとき、マツモトは変《へん》な道具《どうぐ》をいっぱい手《て》に持《も》っていた。ツケヒゲ、カツラ、仮面《かめん》、マント、水鉄砲《みずでっぽう》、虫《むし》メガネなど、その道具《どうぐ》をあたりにばらまき、

「さあ、お待《ま》ちかねのフィナーレといきましょうか。」

と、気味《きみ》の悪《わる》いうす笑《わら》いをうかべながらいう。

「わたしはこう見《み》えても想像力《そうぞうりょく》がゆたかな方《ほう》でしてね、せっかくの殺《さっ》

人事件《じんじけん》ですから、世間《せけん》をあっといわせるものにしたいと思《おも》っている。」

（この人《ひと》、本当《ほんとう》におかしくなっちゃったんじゃないかしら……。）

そう思《おも》って、マリモはぞっとした。悪夢《あくむ》の中《なか》によく出《で》てくるトカゲ男《おとこ》を見《み》ているみたいな感《かん》じがする。きっと、自分《じぶん》が大金持《おおがねも》ちになったつもりになって、アタマがおかしくなってしまったんだろう。

おじいさんもマリモと同《おな》じような思《おも》いを持《も》ったらしく、怒《いか》る大魔神《だいまじん》の顔《かお》からふつうの顔《かお》にもどり、冷静《れいせい》な口調《くちょう》で話《はな》しかける。

「マツモト、そんなものをちらかして、いったい何《なに》をはじめるつもりなんだ？」

「お知《し》りになりたいですか？」

「ああ……。」

「さすがの会長《かいちょう》も、わたしの想像力《そうぞうりょく》にはおよばないと見《み》える。よろしい。教《おし》えてさしあげましょう。」

マツモトは、さっきすてた孫悟空《そんごくう》のぬいぐるみをひろい、短《みじか》く口笛《くちぶえ》をふいた。そして、床《ゆか》にちらばる道具《どうぐ》をけとばしたりしながら、いかにも楽《たの》しそうに話《はな》しだす。

「まず最初《さいしょ》に、マリモさん、あなたを殺《ころ》します。こんなふうに。」

と、マツモトはマリモの前《まえ》で立《た》ちどまり、手《て》に持《も》ったぬいぐるみの首《くび》をしめてみせた。

じょうだんじゃないわ。そんなに簡単《かんたん》に殺《ころ》されないわよ……と、マリモは思《おも》う。近《ちか》づいたら、かみついて、けとばして、思《おも》いっきり泣《な》きさけんであばれるんだから……。

「もちろん、じっさいに手《て》をくだすのはこのわたしです。」

と、マツモトは得意《とくい》そうにつづける。

「しかし、警察《けいさつ》には会長《かいちょう》がやったように思《おも》わせる。――あの方《かた》には、人《ひと》にいえないようないかがわしい趣味《しゅみ》がありましてねえ。ごらんください、こんなかくれ部屋《べや》をつくって、変《へん》な道具《どうぐ》を集《あつ》めて、いったい何《なに》をなさっていたのか……と、まあ、そんな証言《しょうげん》をするわけです。」

聞《き》きながらおじいさんが顔《かお》をしかめる。怒《いか》る大魔神《だいまじん》になるのを必死《ひっし》でこらえているのかもしれない。

「次《つぎ》は、リュウくん、きみの番《ばん》です。」

と、マツモトはリュウを指《ゆび》さす。

「マリモさんが殺《ころ》されるのを見《み》て、きみはかっとなって、会長《かいちょう》にとびかかっていく。でも、子《こ》どものきみが会長《かいちょう》にかなうはずがない。逆《ぎゃく》に投《な》げとばされ、頭《あたま》を床《ゆか》に強《つよ》くたたきつけられて命《いのち》を落《お》とすことになる。かわいそうにねえ。」

リュウが射《い》るようなまなざしでマツモトをにらむ。手足《てあし》がしばられていなかったら、本気《ほんき》でとびかかっていたかもしれない。

「さて、会長《かいちょう》、お待《ま》たせしました。」

マツモトはおじいさんの前《まえ》に立《た》ち、ポケットからナイフをとりだした。

「あなたはリュウくんがとびかかってきたとき、このナイフで胸《むね》をさされる。でも、傷《きず》はそれほど深《ふか》くない。あなたはわれにかえり、自分《じぶん》の手《て》で孫《まご》のリュウくんを殺《ころ》してしまったことを知《し》る。悲劇《ひげき》ですねえ。さすがのあなたも後悔《こうかい》し、近《ちか》くに落《お》ちていたナイフをひろって自分《じぶん》の胸《むね》をさす。これがドラマの最後《さいご》です。いかがです？　感動的《かんどうてき》でしょう。」

話《はなし》を聞《き》きおえると、おじいさんはとても悲《かな》しそうな顔《かお》をした。

「マツモト、おまえ本気《ほんき》でそんなことを考《かんが》えているのか？」

「もちろんです。おどろかれましたか？」

「いや、あきれているだけだよ。正直《しょうじき》いって、残念《ざんねん》だ。長《なが》いつきあいだったのに……。」

「三十二年間《ねんかん》です。でも、お世話《せわ》になりましたとは申《もう》しあげません。」

「そうか。好《す》きにしろ。」

「そのつもりです。」

マツモトは向《む》きなおり、マリモの方《ほう》に近《ちか》づいてきた。どうやら、今《いま》話《はな》したことを本気《ほんき》で実行《じっこう》するつもりらしい。

「さあ、マリモさん、覚悟《かくご》はいいですね？」

といいながら、指《ゆび》をポキポキ鳴《な》らしはじめる。

「バカねえ。覚悟《かくご》するのはあなたの方《ほう》じゃない。」

マリモが負《ま》けずにいいかえす。

「すぐにつかまってひどい目《め》にあわされるんだから。」

「気《き》の強《つよ》いおじょうさんですね。殺《ころ》すのがもったいないぐらいだ。」

「だったら、やめなさいよ。」

「そうはいかない。きみはよけいなことを知《し》りすぎた。かわいそうだが、きちんと始末《しまつ》しておかないとね。」

いいおわると、マツモトはいきなり手《て》をのばし、マリモの首《くび》をつかもうとした。

その瞬間《しゅんかん》、「アチョー」という声《こえ》をあげながら、ケイタが走《はし》りこんできてマツモトに体当《たいあ》たりするのが見《み》えた。

マツモトは体勢《たいせい》をくずし、ころびそうになる。が、すぐに立《た》ちなおり、ケイタと向《む》かいあう。

「なあんだ。子《こ》ネズミが自分《じぶん》からころがりこんできたのか。ちょうどいい。こいつからかたづけよう。」

マツモトはケイタをつかまえようとして足《あし》をふみだした。そして、手《て》をのばしかけたとき、

「マツモトさん、そういうこと、よくないね。」

という声《こえ》がして、チェンさんが部屋《へや》に入《はい》ってきた。

「そうか、チェンさんもいっしょか。こうなったら、全部《ぜんぶ》いっぺんにかたづけるしかないな。」

マツモトはナイフをとりだし、身《み》がまえた。

「やめた方《ほう》がいいね、マツモトさん、ケガするよ。」

チェンさんはマツモトをなだめようとする。

しかし、マツモトはチェンさんのいうことなど聞《き》こうとしない。目《め》を血走《ちばし》らせ、うなり声《ごえ》をあげながら、獲物《えもの》をねらうオオカミみたいにチェンさんのすきをうかがう。そして、ナイフを腰《こし》のあたりからつきだしながら、チェンさんめがけて体当《たいあ》たりしていった。

チェンさんの体《からだ》がすうっと低《ひく》くなったように見《み》えた。

マリモはチェンさんがナイフでさされたものと思《おも》い、悲鳴《ひめい》をあげそうになった。が、次《つぎ》の瞬間《しゅんかん》、床《ゆか》に何《なに》かが落《お》ちる大《おお》きな音《おと》がして、マツモトが気《き》を失《うしな》ってたおれている姿《すがた》が目《め》に入《はい》った。

何《なに》がどうなったのかわからない。チェンさんの動《うご》きは流《なが》れるようにしなやかですばやく、マツモトの体《からだ》には指《ゆび》一本《ぽん》ふれなかったように見《み》える。でも、マツモトはたたきのめされ、チェンさんの足《あし》もとにたおれている。

「スゲェ！　一発《ぱつ》だぜ。チェンさん、ブルース・リーより強《つよ》いんじゃないかなあ。」

と、ケイタが感心《かんしん》して見《み》とれている。

「ケイタ、そんなとこで何《なに》やってるのよ。」

マリモが口《くち》をとがらせていう。

「ぼんやりしてないで、早《はや》くこのロープほどいてよ。気《き》がきかないんだから。」

「あっ、ごめん。」

ケイタがあわてててかけより、マリモをしばりあげていたロープをほどく。

「助《たす》けにくるのがおそすぎるわよ。」

と、マリモがすごく怒《おこ》っているようすを見《み》せる。

「もうちょっとで、殺《ころ》されちゃうところだったんだから。」

「天井裏《てんじょううら》で、オレ、まよっちまったんだ。」

ケイタが恥《は》ずかしそうにいう。

「懐中電灯《かいちゅうでんとう》がなかったし、ここんち爆発的《ばくはつてき》に広《ひろ》いだろう。」

「頼《たよ》りないチャンピオンね。そういえば、ヒナコさんどうしたかしら。」

「天井裏《てんじょううら》でのびてるよ。」

と、ケイタが少《すこ》し得意《とくい》そうな顔《かお》になる。

「追《お》いかけっこしてるとき、オレのキックがビッタシ決《き》まったんだ。」

「そう。よかったわね。」

「そろそろ帰《かえ》ろうか。」

「うん。でも、ちょっと待《ま》ってね。」

マリモはふと思《おも》いつき、マツモトの方《ほう》に歩《ある》いていった。

すでに意識《いしき》をとりもどしていたが、マツモトはチェンさんの手《て》でしばりあげられ、壁《かべ》にもたれながらぼんやりすわっている。

「だからいったでしょう、覚悟《かくご》しなくちゃいけないのはあなたの方《ほう》だって。」

と、マリモはマツモトの前《まえ》に立《た》つ。

「ああ……マリモさんか……。」

「あたし、もう帰《かえ》るけど、ごあいさつだけはしておかないとね。」

そういうと、マリモはいきなり「アチョー！」と大声《おおごえ》をあげ、力《ちから》のこもった回《まわ》し蹴《げ》りをマツモトのアゴのあたりに決《き》めた。

一瞬《いっしゅん》、マツモトはびっくりしたように目《め》を見《み》ひらいたが、すぐに意《い》識《しき》を失《うしな》い、壁《かべ》の前《まえ》にくずれおちる。

「怒《いか》りの鉄拳《てっけん》よ。わかった？」

12 心《こころ》のメッセージ

事件《じけん》がかたづいてから二週間《しゅうかん》ほどしたころ、マリモはチェンさんにたのんで中国語《ちゅうごくご》を教《おし》えてもらうことにした。

水曜日《すいようび》と金曜日《きんようび》、リュウの家《いえ》のビデオルームを教室《きょうしつ》がわりにして、しっかりした授業《じゅぎょう》を受《う》ける。

昔《むかし》、大学《だいがく》の先生《せんせい》をしていたこともあるそうで、チェンさんの教《おし》え方《かた》はとてもじょうずだった。二か月《げつ》ほどすると、簡単《かんたん》な会話《かいわ》ができるよ

うになり、ときどき、リュウと中国語《ちゅうごくご》で話《はなし》をすることもあった。

マリモが中国語《ちゅうごくご》を習《なら》おうと思《おも》ったのには理由《りゆう》がある。チェンさんの心《こころ》の声《こえ》を聞《き》いて確《たし》かめたいことがあったからだ。

事件《じけん》のとき、チェンさんは助《たす》けを求《もと》めるといってどこかに出《で》かけていった。あのとき、どこへ行《い》って何《なに》をしていたのか、マリモはどうしても知《し》りたかったのだ。

チェンさんがもっと早《はや》くもどってきてくれたら、あたしもリュウもあんなにこわい思《おも》いをしないでもよかったのに……と、マリモは思《おも》う。それに、チェンさんはとても強《つよ》いんだから、ほかのだれかに助《たす》けを求《もと》める必要《ひつよう》なんてなかったんじゃないかしら……。

チェンさんに直接《ちょくせつ》そのことを聞《き》いても、「わたし、まちがってました、ごめんなさい」とあやまるだけで、それ以上《いじょう》のことは話《はな》してくれない。もちろん、リュウは何《なに》も知《し》らないようすだったし、ケイタは聞《き》くだけムダという感《かん》じだった。

中国語《ちゅうごくご》の聞《き》きとりができるようになったころ、授業《じゅぎょう》のあとで、マリモはまた同《おな》じことをチェンさんに聞《き》いてみた。たとえ何《なに》も話《はな》してもらえなかったとしても、そのすぐあとにチェンさんの心《こころ》の声《こえ》を聞《き》けば、本当《ほんとう》のことがわかるかもしれないと思《おも》ったのだ。

ところが、マリモの質問《しつもん》を受《う》けると、チェンさんはしばらくだまって考《かんが》えこみ、それから思《おも》いがけないことを話《はな》しだした。

「わたし、なんとかしてマツモトさんを助《たす》けたいと思《おも》いました。」

「えっ？　どうして？」

と、マリモはおどろいて聞《き》きかえす。

「マツモトさんとわたし、そしてリュウのお父《とう》さんの隆一郎《りゅういちろう》さん、この三人《にん》、昔《むかし》は仲《なか》のいい友《とも》だちでした。いっしょに仕事《しごと》もしました。遊《あそ》びや旅行《りょこう》にも行《い》きました。

でも、隆一郎《りゅういちろう》さんがなくなって、いろいろ変《か》わりました。友《とも》だちは変《か》わらないと思《おも》ってましたが、リュウといっしょに日本《にほん》にきたとき、わたし、マツモトさんがおかしいのに気《き》がつきました。

そのこと、おじいさんとも話《はな》しました。おじいさんも気《き》がついていました。ただ、わたしもおじいさんも、大丈夫《だいじょうぶ》と思《おも》ってました。心配《しんぱい》はリュウのことだけで、それはわたし、守《まも》ると約束《やくそく》しました。

だから、マリモさんの話《はなし》を聞《き》き、リュウが確《たし》かめてきたとき、ああ、やっぱり……と思《おも》いました。マツモトさん、とうとうまちがった道《みち》に走《はし》ってしまったのかと……。」

「だったらなぜ、すぐ止《と》めに行《い》こうとしなかったんですか？」

「わたし、考《かんが》えがあまかったね。おじいさん、それほどひどい目《め》にあってると思《おも》わなかった。これ、わたしの大《おお》きなまちがいね。後悔《こうかい》してます。おじいさんにもあやまりました。

それで、わたし、相談《そうだん》する人《ひと》に連絡《れんらく》しました。おじいさんの知《し》りあいの弁護士《べんごし》、少林寺拳法《しょうりんじけんぽう》の仲間《なかま》、そして上海《シャンハイ》にいるわたしの妹《いもうと》、これ、リュウのお母《かあ》さんです。」

「えっ？　リュウのお母《かあ》さんて、チェンさんの妹《いもうと》だったの？　知《し》らなかったなあ。」

「はい。妹《いもうと》は、昔《むかし》、マツモトさんと仲良《なかよ》くしてました。だから、上海《シャンハイ》からマツモトさんに電話《でんわ》して、話《はなし》をするようにいいました。でも、マツモトさん、電話《でんわ》に出《で》なかったそうです。」

「それどころじゃなかったのよ。マツモトさん、おじいさんやあたしたちのことでおかしくなってたから。」

「そうですね。わたし、まちがいばかりでした。まさか、マリモさんやリュウまでひどい目《め》にあってると思《おも》いませんでした。家《いえ》にもどってきて、みんないないのを知《し》って、わたし、おどろきました。失敗《しっぱい》したと思《おも》いました。出《で》かけたの、まちがいでした。

あわてて家《いえ》に走《はし》っていきました。三階《がい》の部屋《へや》、かたっぱしから調《しら》べはじめました。そのとき、ケイタくんと出会《であ》いました。助《たす》かりました。もう少《すこ》しで、手《て》おくれになるところでした。わたしの考《かんが》え、あまかった。マツモトさん、すっかりおかしくなってしまいました。別人《べつじん》でした。助《たす》ける望《のぞ》み、なくなりました。」

そこまで話《はな》すと、チェンさんは深《ふか》いため息《いき》をつき、それからゆっくり立《た》ちあがると、マリモに向《む》かって頭《あたま》をさげた。

「ごめんなさい、マリモさん。わたしのまちがい、とても大《おお》きかった。心《こころ》から、おわびします。許《ゆる》してください。」

マリモはとても悲《かな》しくなった。うなずきながら、「はい」と返事《へんじ》をしただけで、何《なに》かいおうとしても、言葉《ことば》にならなかった。涙《なみだ》があふれて、止《と》まらなかった。

そんなことがあってしばらくしたころ、マリモとケイタは、リュウのおじいさんから食事《しょくじ》に招待《しょうたい》された。事件《じけん》で大《おお》ケガを負《お》い、おじいさんはずっと病院《びょういん》に入院《にゅういん》していたのだが、ようやく元気《げんき》になり、退院《たいいん》できることになったのだ。

「今日《きょう》はオレ、いっぱい食《た》べるね。」

と、その日《ひ》、ケイタは朝《あさ》からはりきっていた。

「食事《しょくじ》のとき、遠慮《えんりょ》するのよくない。いっぱい食《た》べて、感謝《かんしゃ》するの、中国《ちゅうごく》の礼儀《れいぎ》ね。マリモ、知《し》ってるか？」

ケイタがちょっと変《へん》なしゃべり方《かた》をするのにはわけがあった。

チェンさんがマツモトをたおすのを見《み》てから、ケイタはチェンさんの熱烈《ねつれつ》なファンになり、歩《ある》き方《かた》やしゃべり方《かた》までチェンさんのまねをするようになったのだ。

週《しゅう》三回《かい》、チェンさんから太極拳《たいきょくけん》と少林寺拳法《しょうりんじけんぽう》を教《おし》えてもらっていたが、できればチェンさんの弟子《でし》になり、毎日《まいにち》ついて歩《ある》きたかったのかもしれない。

ひさしぶりに会《あ》うおじいさんは、顔色《かおいろ》もよく、少《すこ》し太《ふと》って若《わか》がえったように見《み》えた。マリモとケイタをうれしそうに出《で》むかえ、レストランみたいに広《ひろ》いダイニングルームに案内《あんない》する。

「リュウからいろいろ話《はなし》を聞《き》いていますよ。マリモさんは中国語《ちゅうごくご》がとてもじょうずになったそうだし、ケイタくんは太極拳《たいきょくけん》と少林寺拳法《しょうりんじけんぽう》のチャンピオンを目《め》ざしているそうじゃないか。」

おじいさんはいかにも楽《たの》しそうに話《はな》し、おいしそうに食事《しょくじ》をする。むずかしい顔《かお》をした銅像《どうぞう》とはまったくちがう人《ひと》みたいだった。

「いいニュースがあるんだ。」

と、食事《しょくじ》の途中《とちゅう》でリュウが目《め》をかがやかせながら話《はな》しだした。

「今度《こんど》、お母《かあ》さんが日本《にほん》にやってきて、いっしょにくらすことになったんだ。それからもうひとつ、この家《いえ》を〈子《こ》どものためのミュージアム〉にするんだって。絵本《えほん》や童話《どうわ》やビデオをそろえ、子《こ》どものためのカルチャースクールもひらくんだ。」

「スゴーイ！」

と、マリモはおどろきの声《こえ》をあげる。

「でも、そうなったら、リュウくんたちどこに住《す》むの？」

「ここの近《ちか》くにもっと小《ちい》さい家《いえ》を建《た》てるんだって。おじいさんとお母《かあ》さんとチェンさんとぼく、四人家族《にんかぞく》だから、こんなに大《おお》きい家《いえ》なんかいらないよね。」

「ふうん。じゃあ、リュウくんもさびしくなくなるね。」

「うん。」

よかったわ……と、マリモは思《おも》った。

リュウが転校《てんこう》してきてから、短《みじか》い間《あいだ》にいろいろあったけど、これでみんな幸《しあわ》せになれそうな気《き》がする。〈ひみつのケイタイ〉は、そのためにパパがプレゼントしてくれた心《こころ》のメッセージみたいなものかもしれない。ありがとう、パパ……。

解説《かいせつ》

おもちゃづくりの名人《めいじん》はお話《はなし》づくりの名人《めいじん》！

三輪《みわ》 哲《てつ》（子《こ》どもの本《ほん》の専門店《せんもんてん》
メルヘンハウス代表《だいひょう》）

この本《ほん》の作者《さくしゃ》の木村《きむら》さんは、おもちゃづくりの名人《めいじん》だということを知《し》っていますか。木村《きむら》さんが考《かんが》えるおもちゃは、本当《ほんとう》に楽《たの》しいものばかりです。ティッシュペーパーの空《あ》き箱《ばこ》をちょっと工夫《くふう》すると「トコトコ歩《ある》きだす馬《うま》」、使《つか》いすてのフィルムケースをちょっといじると、中《なか》から「ニョロニョロへび」、牛乳《ぎゅうにゅう》パックでできる「紙《かみ》コプター」、使《つか》い終《お》わったシャンプー容器《ようき》で「よく飛《と》ぶロケット」や、キリンの首《くび》が立《た》ちあがる「びっくりキリン」、洗《せん》たくバサミを利用《りよう》して、みんなで遊《あそ》べる「トランポリン」、お祝《いわ》いにはかかせない「くす玉《だま》」だって、牛乳《ぎゅうにゅう》パックでつくってしまいます。そのほか、ここでは書《か》けないほどたくさんのおもちゃが、木村《きむら》さんの頭《あたま》の中《なか》にあります。

おもちゃづくりを子《こ》どもたちといっしょに楽《たの》しんでいる木村《きむら》さんを見《み》ていると、子《こ》どもたちに教《おし》えるというより、自分《じぶん》が子《こ》どもたち以上《いじょう》に喜《よろこ》んでいます。そんな中《なか》で、子《こ》どもが喜《よろこ》ぶ、次《つぎ》のおもしろいおもちゃを考《かんが》えているのでしょう。

こんな木村《きむら》さんを知《し》っているので、「事件《じけん》ハンターマリモ」を読《よ》んだときには、「なるほど、やったね」と思《おも》いました。『地下室《ちかしつ》から愛《あい》をこめて』には、どんな動物《どうぶつ》とも会話《かいわ》できる「動物語《どうぶつご》ほんやく機《き》」が出《で》てきます。だれだって動物《どうぶつ》とお話《はなし》ができたらいいなあと思《おも》うはずですが、木村《きむら》さんはこのお話《はなし》の中《なか》で、それをつくってしまいました。二作目《さくめ》の『ねむれない夜《よる》』では、自動車《じどうしゃ》のナビゲーションシステムをもじった、「ナマナビ」をつくりました。時間《じかん》をさかのぼって好《す》きな場面《ばめん》のようすを自由《じゆう》に見《み》ることができる、そんな夢《ゆめ》みたいなことができてしまう機械《きかい》です。こんなおもしろいおもちゃ（機械《きかい》）が、事件《じけん》を解決《かいけつ》するマリモのひみつ兵器《へいき》になるのです。

マリモには、いつも首《くび》からかけているカギがあります。死《し》んだパパからのプレゼントで、それはひみつの地下室《ちかしつ》のカギでした。「動物語《どうぶつご》ほんやく機《き》」も「ナマナビ」も、マリモが地下室《ちかしつ》で見《み》つけたひみつ兵器《へいい》です。どれも科学者《かがくしゃ》だったパパが発明《はつめい》したものでした。このシリーズに出《で》てくるひみつの地下室《ちかしつ》は、木村《きむら》さんの頭《あたま》の中《なか》にある「おもちゃ箱《ばこ》」です。木村《きむら》さんは、マリモと同《おな》じ、だれも知《し》らないカギを使《つか》って、ときどきその「おもちゃ箱《ばこ》」をこっそり開《あ》けているのですよ、きっと。そしていちばん最近《さいきん》「おもちゃ箱《ばこ》」を開《あ》けたとき見《み》つけたのが、三作目《さくめ》のこの本《ほん》、『ひみつのケイタイ』でマリモが事件解決《じけんかいけつ》に使《つか》った、「カメラ付《つ》きケイタイ電話《でんわ》」だったのでしょう。写真《しゃしん》をうつした人《ひと》の考《かんが》えていることが、その人《ひと》の声《こえ》で聞《き》こえてくるという、ふしぎなケイタイです。マリモは、これを使《つか》って、上海《シャンハイ》からきた転校生《てんこうせい》、リュウ一家《いっか》の危機《きき》を救《すく》います。

でも、おもしろいおもちゃ（機械《きかい》）が出《で》てくるだけでは、楽《たの》しいお話《はなし》はできません。木村《きむら》さんの話《はなし》は、気持《きも》ちのいい速《はや》さで展開《てんかい》していき、読者《どくしゃ》をあきさせません。「それで」とか「それから」という言葉《ことば》を段落《だんらく》にはさんでも、調子《ちょうし》よく読《よ》めます。一度《いちど》ためしてみてください。それと、このシリーズの楽《たの》しさの、もうひとつのひみつは、みなさんのすぐとなりで起《お》きてもおかしくない事件《じけん》がえがかれているので、とても身近《みぢか》に感《かん》じられることです。みなさんは、知《し》らないうちに登場人物《とうじょうじんぶつ》になっているかもしれません。木村《きむら》さんは、子《こ》どものような感《かん》性《せい》と好奇心《こうきしん》を持《も》っている大人《おとな》です。だからふつうの大人《おとな》では考《かんが》えることができない、あんなおもちゃを平気《へいき》でつくってしまいます。

さてこのシリーズ、次《つぎ》はどんなひみつ兵器《へいき》がでてくるのでしょう。もしみなさんが、マリモと同《おな》じカギを手《て》に入《い》れることができたら、木村《きむら》さんの「おもちゃ箱《ばこ》」をこっそりのぞくことができるでしょうが……。楽《たの》しみですね。

作者 きむら ゆういち（木村 裕一）

東京都に生まれる。多摩美術大学卒業。絵本や童話の執筆のほかに、大学講師、テレビ番組の制作、舞台の脚本など、幅広く活躍。おもな作品に『ごあいさつあそび』『キズだらけのりんご』『あらしのよるに』『こぞうのパウのたびだち』『もしもあのとき』「事件ハンターマリモ」シリーズ、『オオカミのあっかんべー』『きむら式童話のつくり方』など著書多数。1995年『あらしのよるに』（講談社）で講談社出版文化賞（絵本賞）、産経児童出版文化賞（ＪＲ賞）を受賞。数かずのロングセラーは国内外の子どもたちに愛読されている。

画家 三村 久美子（みむら くみこ）

東京都に生まれる。児童書・雑誌・教科書などのイラストレーションの仕事で活躍。おもなさし絵作品に『まじょかもしれない』『時のかなたからの訪問者』『黒い海賊船を追え』『転校』『赤い実はじけた』『うらない少女セイラ』『星のかけら』『子子家庭は危機一髪』「事件ハンターマリモ」シリーズなどがある。

デザイン／DOMDOM

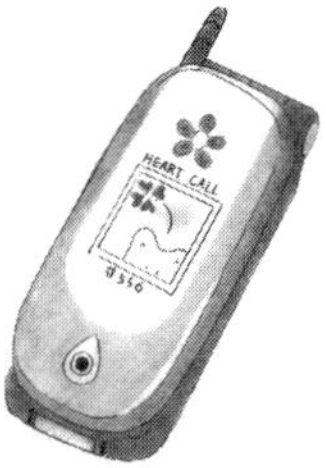

事件ハンター マリモ
ひみつのケイタイ
初版発行2005年3月

作　者　きむら ゆういち　　画　家　三村 久美子

発行所　株式会社 金の星社
〒111-0056 東京都台東区小島1-4-3
TEL.03（3861）1861　FAX.03（3861）1507
振替 00100-0-64678

製版・印刷　株式会社 平河工業社
製　本　東京美術紙工

◆NDC913　190P　19.5cm　ISBN4-323-07061-6

乱丁落丁本は、ご面倒ですが小社販売部宛にご送付ください。
送料小社負担にてお取替えいたします。

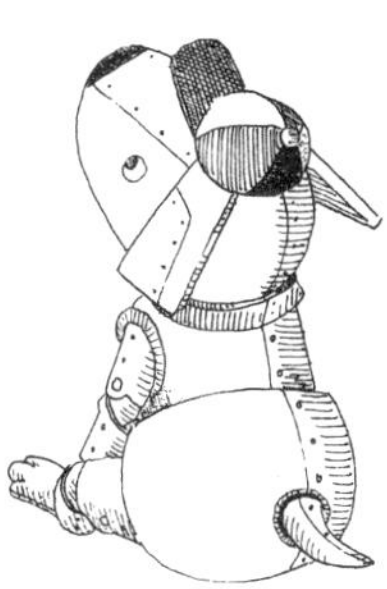

月夜にいらっしゃい

竹下文子・作　近藤理恵・絵

月を見るのが大好きな女の子みゆと、きれいな月を見ると、じっとしていられなくなってしまう、みゆのママ。そんな二人に、月夜の晩、ふしぎなことがつぎつぎとおこります。

じんじろべえ

岸川悦子・作　狩野ふきこ・絵

離婚したママがはたらきだしてから、ゆっこはずっとひとりぼっち。いつも右手にまいている包帯に、かなしい思い出をとじこめていた。ある日、ゆっこの前に、1ぴきの白い犬があらわれて……。

ラブユニット

恐怖のコマンド・メール

川北亮司・作　大井知美・絵

ラブユニットと名のる人物から、彩奈のケイタイにメールが来た。そのアンケートにこたえた彩奈に、あやしいメールがとどく。だれかに見はられている……。おもしろい、ハートフル・ミステリー！

きっと、本と友だちになれる。

キッズ童話館

★小学校3・4年生から★

読書の楽しさを感じはじめる、小学校中学年向けの楽しいシリーズです。
漢字はふりがなつきで、さし絵や、カラーページもいっぱい！
おとずれれば、きっと、本と友だちになれる……。
金の星社の【キッズ童話館】です。

あッこりゃまた村

おっちょこチョイ姫 ちょっとまった！ご婚礼の巻

西本七星・作　岡田 潤・絵

おっちょこ城の千代姫ことおっちょこチョイ姫は、なぞの存在「あッこりゃまた村」研究に夢中。呪文をとき、村に入った姫を待っていたのは!?　ハラハラドキドキの冒険ファンタジー！

これからも、つづきます。

うれしい！
((((((((☆
,)∂　∂(((
(^　▽　^((
おねがい！
((((()))))
)μ　μ　((
(　“÷“　(((
＼　～(((
(§)
たんじょうび
iiiiii
{ののの}
{ののののの}
～～～～～～